U0095496

新生活风向标

life&feeling

沈颢◎主编

暗语

代序

啊，那不知疲倦的耳朵
一棵树，听着风，吹着另一棵树

时间啊，马不停蹄
止不住的日月消沉，草木成灰

对去年的怀念，暗自袭来
如同那时丢失的一封信

就算是今天到达
也只是一次旅行的开始

——沈颢

目录

新/生/活/风/向/标

第一辑 做梦，梦想的价格

(一) 奢 华

(二) 运 动

第二辑 我行我素

(一) 食 物

CONTENTS

CONTENTS

第五辑 做爱做的事

(一) 动漫

(二) 网络

(三) 展藏

第一辑

做梦，梦想的价格

奢华

谁需要一辆劳斯莱斯？
最昂贵邮轮上的7天6夜
想飞？

运动

也来场高尔夫革命
有没有必要当一个马主
滑雪：享受白色速度
触摸环法之魂
F1：在速度和金钱的边缘
山在那里，富翁也在那里

谁需要一辆劳斯莱斯？

赵　川

一般来讲，劳斯莱斯不会跟普通人发生什么关系。只是，如果不说得那么绝对，在媒体里，很多普通人也能从了解名贵奢侈品以及它们的来龙去脉中得到乐趣。比如，看一下新款劳斯莱斯出炉亮相的照片，或者知道某巨星给其太太送了一辆劳斯莱斯做生日礼物……诸如此类。

劳斯莱斯当然是好车、名车。这是一种从来没有，也不打算大批量生产，而且许多工序是由手工完成的现代汽车中的奢侈品。

对于汽车工业来讲，劳斯莱斯的生产，表现出它服务那些有钱有势的主顾们的极好耐心。它保守地坚持，得让他们以进入马车的方式进入汽车。

劳斯莱斯的车门至今还是马车式的，主人可以通过直角的门框走进车内，而不是扭着身子坐进去。

这样，那些体面的人们就保持了优雅的仪态。他们坐下来以后，后排的座椅要比前座高出18毫米。

劳斯莱斯的主人,很少会自己坐在前排开车认路。

你只需坐在后面,作“高”人一等状。

讲劳斯莱斯的好处,当然要讲它的材料。世界都高科技了,都大批量生产了,都环保了,还有谁这么注重用皮革、用金贵的木材?这或许就是贵族与暴发户的不同。据说装饰一辆劳斯莱斯要用16张皮革,甚至每张又是从每500张里挑出的。另外,6种可供选择的木料是来自西非的桃花心木,美的伯尔胡桃木、枫木和黑鹅掌楸木,以及欧洲的橡木和榆木。其实多少张皮和多少种木头本身不是这里最重要的信息,最重要的是为了装饰你的车子,牺牲了那么多的牛,还有这些不远万里挑来的木头和工匠们如此之多的心血。这听来不像现代社会吗?但它的贵族感恰恰由此而来,等级的遐想也是由此获得的。

还有作为车子的驾驶功能,现在这似乎已不是拥有劳斯莱斯的主要意义所在。1929年的《劳斯莱斯幻影II宣传手册》云:“除非你需要它,否则你根本感觉不到发动机的力量。而在你需要时,它会汹涌而至,不费吹灰之力但却出奇地流畅。”贵族身份者对车子舒适平稳的极高要求,如同安徒生童话里可以感觉到七层床垫下一颗豌豆的公主。

据称新劳斯莱斯开发的发动机,是世界上最先进的发动机之一,不仅动力强大,而且不管路面状况如何,或发动机转得多快,都能保证其动力流畅输出。它可以在瞬间高速起跑,而你坐在里面则是既安静又安稳。当然,劳斯莱斯喝起油来也是毫不客气的。

劳斯莱斯之所以有今天这样的品牌甚至标签意义,乃因它确曾有过一段追求世上最完美汽车的传奇。有人把劳斯莱斯的创始人之一亨利·莱斯的名言翻译得古色古香，像一位先贤，他说：“圣之道，至善至美，不为至善至美者，创之造之！”

劳斯莱斯是姓氏当头字母都是R的劳斯先生和莱斯先生两个名字的叠加。查理斯·劳斯，贵族出身，名校毕业，爱好运动与冒险，年纪轻轻就在英国社交界长袖善舞。而亨利·莱斯则出身底层。1904年，莱斯在他41岁上下时认识了26岁的劳斯，两人一拍即合。莱斯生产的汽车，由劳斯包销,车子就定名为“劳斯莱斯”。那年，劳斯莱斯在英国曼切斯特出厂，由劳斯驾去伦敦。这种最早生产出的劳斯莱斯汽车，绝少机器嘈杂声，很快便在伦敦获得声誉。之后，它飙升为世界一流汽车，多次赢得国际大奖。虽然后来劳斯不幸英年早逝，但莱斯却一直努力继续完善劳斯莱斯的设计和品质，直到他70岁去世。而在莱斯以后的劳斯莱斯汽车，逐步离开了始创者追求完美的激情理想，成为了一种生活方式的标签，炫耀财富地位的奢侈品。到上世纪80年代尾声，劳斯莱斯在汽车界如日中天，享有超然地位。据有关资料，劳斯莱斯的拥有者平均年龄为50岁，大多拥有500万美元以上的财产。

有一件事极为重要，可以说它促进了劳斯莱斯品牌的形成。1925年劳斯莱斯幻影PHANTOM超长车型几经改进，被英国皇室选为御用专车，并用来作为接待外国元首的开道车，劳斯莱斯因此名声大振！

后来英女王到世界各国访问，都携带那辆劳斯莱斯专车，以至各国元首和各地贵族富豪竞相效仿，以拥有劳斯莱斯为荣。所谓“身份象征”也由此而来。

关于劳斯莱斯的车主,多有神秘色彩的传言。比如传说劳斯莱斯公司会对购买者的出身、学历、职业、品格等进行全面了解,以确定是否售车云云。劳斯莱斯还真能捉坏人不成?2003年初有一条新闻就颇有趣,说温岭市拍卖被绳之以法的某黑社会老大的非法资产,二十几辆车里就有一辆劳斯莱斯,底价人民币400万,结果流标。

虽然劳斯莱斯堪称顶级奢侈品,不过如果以为它是世上最贵的汽车则是误会。新款劳斯莱斯幻影在中国的市场价近600万人民币,但宾利雅致728的报价要上千万,美洲豹和法拉利等一些跑车名牌车型也要比劳斯莱斯昂贵。沉寂了60多年的德国名车迈巴赫在近年重返市场,再次成为与劳斯莱斯一争高低的强劲对手,它的始创者,正是有汽车设计之父美誉的威廉·迈巴赫。从气质上来讲,劳斯莱斯是贵族气派的典范,但却不免有些暮气沉沉,它不是供车主享受驾驶的汽车,倒是更适合坐在后座里听歌剧。甚至它也终于在皇室中"失宠"——趁近年劳斯莱斯公司频频更手之际,英国皇室在2002年正式启用宾利为皇室御驾。

2003年7月底,劳斯莱斯公司在香港中环开了首个展销大厅,展示新款劳斯莱斯,随后也展开了它在国内大城市的巡回路演。劳斯莱斯的亚太区总裁表示,目前劳斯莱斯每年的全球销售近1000辆,亚太地区约占20%,但市场发展潜力很大。劳斯莱斯公司特别看好中国内地市场,还将陆续在北京、上海和广州等大城市建立展示中心。事隔不久,劳斯莱斯中国区总经理透露,劳斯莱斯北京展示中心和劳斯莱斯新款幻影在东方广场同期亮相。

新款幻影售价在人民币560万元左右,内地买主多为上市公司老总，也有少量民营企业家。这位总经理说：劳斯莱斯是财富、成功和身份的最好象征。

另有一个媒体报道的数据，中国大陆地区目前大约有120辆劳斯莱斯。这样一个小数目，足见它可以说是汽车奢侈品中的奢侈品。那么谁拥有这一顶级奢侈品呢？这可未必是一层容易揭开的谜底。劳斯莱斯的车主似乎从来就带有某种神秘色彩，除了他们一定掌控着可观财富是毋庸置疑的事实之外。

如果说劳斯莱斯还象征着某种身份，那这样的人物有什么身份呢？当然，这身份不是身份证的身份。劳斯莱斯再好，再是身份象征，也不可以买来当身份证用。“身份”在这里听起来总觉得有点遮掩和含糊。

英国女王的身份当然是清楚的。从概念上来讲，英联邦之内，除私有土地，其余的都是“皇土”。

英语里有个词语，称这种人为“蓝色血液”，意即血统比常人高贵的上等人。只是，劳斯莱斯出道时，欧洲贵族已经渐入式微。而它在北美一直获得巨大市场，或许正因为那里需要买来证明身份的富商多。我们也可以说，钱多到一定程度也就有了有钱的身份。这时讲的身份也可以理解为财富的等级。

拥有劳斯莱斯是你有了财富和成功并因此高人一等的象征，当然劳斯莱斯从来不会用“可以高人一等”来标榜自己。不论在国内还是海外西方，严肃教育中都会把自认高人一等视作某种程度的人格缺陷，把等级社会认为是不健全的社会——起码理念上如此。现代社会中，总不至于把等级这种事弄得赤裸裸。

我们处在一个私有财产逐步得到肯定、合理消费不断受到鼓励的时代。豪车或许真的可以见证繁荣,只是高价奢侈品并不能成为经济发展的坐标，不留神还会有加深社会阶层之间沟壑的危险。劳斯莱斯是好车，怀旧款式和精细做工符合某些个人偏好,拥有劳斯莱斯或许有助提升公司形象,或作为保值资产,但千万别把它当成一张身份证,那未免有腐朽之嫌了。

最昂贵邮轮上的7天6夜

邓茗予 曾 婕

“未来属于能承受15万吨载重、35海里/小时速度产生的海水摩擦的钢铁巨物。”

2004年4月16日，“历史性”这个词语在有线广播里频频回响，英国春季的天空灰蒙蒙的，目前世界上所建造的最大的和最昂贵的邮轮玛丽女王2号缓缓由南安普敦港驶向索伦特海峡时，一度静谧的北大西洋出海口，已是人山人海——它将完成它的首次跨大西洋旅程，首航美国，1310个船舱全部订购一空，最昂贵的船舱甚至还有专门的管家服务……

4月22日，纽约的92号码头人声鼎沸，热闹非凡。玛丽女王2号驶过自由女神像，进入了纽约港，结束了它的首次跨大西洋旅程。当船经过宏伟的韦拉察诺大桥时，船上2600名乘客纷纷拥到甲板上，目睹这一盛况。直升飞机在空中护航，美国海岸警卫队的快艇在一旁喷射出红、白、蓝3色水柱，对它的到来给予了皇家式的欢迎。

未来属于钢铁巨物

这是一个被速度主宰的世界,快餐、高速下载、移动通讯无所不在……在高速的魅力下,人们挣更多的钱,有更多的娱乐。1909年,意大利作家马里内蒂在他的《未来主义宣言》中已提出,世界已洋溢出一种美:速度之美。

从某种程度上来看,生产玛丽女王2号的库纳德邮轮公司是这种高速文化的狂热分子。1907年,它的旗舰,Mauretania号,速度终于超过Blue Riband号,成为当时横穿大西洋最快的游轮。这个纪录一直保持了22年之久。是争强好胜还是命中注定的竞争?泰坦尼克号失事有人分析罪魁祸首还是速度。当时,明知冰山四伏,船长却依然要求全速前进,这是因为顺应了白星航运公司为了挽回其Blue Riband号与库纳德邮轮公司在较量中失败而好胜的需求。

19世纪早期,以桨轮推进的蒸汽船在美英两国的沿海以及内河水域一直被广泛使用。以蒸汽助动的有桅帆船也于1819年横穿了大西洋。但直到1838年,第一只全蒸汽动力船才被制造出来。圣乔治蒸汽航海公司的天狼星号,旅程立即被缩短到了两周。紧随天狼星之后,是速度更加强化的Sambard Kingdom Brunel公司的大西部号。它同时拥有128间特等舱、乘务员召唤铃、女侍应和75英尺镶嵌板装饰、显示着艺术与科学完美结合的大厅……

从纽约港的空中俯瞰到来的玛丽女王2号,它犹如一只精疲力竭的白鸟。这忽然让人联想到了渡渡鸟——一种勇往无惧,却庞硕得无法飞翔的鸟类。协和飞机算什么？超音速的绚丽梦想，主宰速度的公主，如今也不过成了博物馆中的一件收藏品而已。或许正如纽约市长在欢迎辞中的断言那样，“未来，属于能承受15万吨载重、35海里/小时速度产生的海水摩擦的钢铁巨物”。虽然最先进、最庞大的玛丽女王2号从英格兰到纽约的这趟行程花费了波音飞机或空中客车的20余倍时间，但这依然是个好消息。玛丽女王2号的船长罗纳德·沃里克的回答是，库纳德邮轮公司随时准备与航空竞争往返于大西洋两岸的客运生意。

海洋经常会吞没美梦，泰坦尼克号惊魂的流行让人普遍担心着玛丽女王2号的处女航。船上的人们的确偶尔还会有晕船的困扰。但这位海军准将船长及其同行者，最终在预期内来到了自由女神像下。

母牛在哪里？

玛丽女王2号上当然会有母牛——库纳德邮轮公司总是习惯使它的每一班轮船上都有母牛以确保能稳定供应新鲜的牛肉和奶制品，当然这需要冒风险：1861年，在布鲁内尔巨型的大东方号第4次横跨大西洋时，当时的海浪高得不仅把船桨击得粉碎，连甲板上支的牛棚也不能幸免：一头母牛被甩了出去，从船上大厅的天窗上飞过，砸在一个可想而知有多惊讶的酒鬼面前。

玛丽女王2号的名字是由英国女王伊丽莎白二世正式命名的。它的造价高达8亿美元，拥有一座两层剧院、5个室内和室外游泳池，甚至还有一个天文馆。大厅从早上6点营业至晚上11点。

一顿得体的早餐十有八九是牛排和霍克酒，库纳德邮轮公司可能打算把这添进客房服务，作为一种比淡茶、煮过头的咖啡和干月牙面包更加令人兴奋的方式，来迎接摇摆在浪尖上的崭新一天。不过，那些幻想坐在蒸汽船的藤椅上摇摇铜铃唤来侍者、为自己端来热腾腾牛肉汤的人恐怕要失望了：在玛丽女王2号上根本就没有牛肉汤。

玛丽女王2号的雍容华贵：大量的贝尔·艾尔的巴洛克式元素，浓重的装潢。但这里还有一种更为盛大豪华的Ginger et Fred风格：巨型的楼梯、长曲线的吧台、豹纹地毯和嬉戏中的女神们特写的浅浮雕。玛丽女王2号上的另一个突出的伟大艺术是船的外观本身：一个令人惊叹的猩红和黑色巨塔般烟囱，4个安装在第7甲板体型巨大的钢制油漆螺旋桨，像出自Richard Serra之手的强烈扭曲。

虽然船本身就是一座漂浮的小城镇——2600名乘客，1300名工作人员，却很少会让人觉得拥挤。每位27000美元，将享受到豪华套间纯粹的奢侈：2249平方英尺的空间，包括一个8人就餐区、2个交互式等离子电视、专属的个人锻炼器械，当然，少不了一个储备丰富的吧台。如果买了9000美元的票，250平方英尺的幽雅也是不错的选择，虽然房间和阳台略为偏小，但比1842年查理·狄更斯在大不列颠号上的特等客房大了近200平方英尺。

端上的正餐，放置在铺有餐布的餐桌上，恶劣的天气使得瓷器们显得“躁动不安”。中午1点，烘马铃薯、烤苹果，还有不少猪肉（火腿之类）。下午5点，同样不激发食欲的晚餐，几乎是用酒水冲下些煮土豆和不太新鲜的水果。不过幸好在随后的沙龙可以有些食物补充。

那些懂得演奏的船员在沙龙上偶尔也会献上两首好曲，沙龙里还有些书。直到19世纪的后半叶，当木制的船体被钢材替换，桨摇身一变成了螺旋桨，整个船发生了翻天覆地的变化，原本附带的图书馆也变得举足轻重起来。玛丽女王2号的图书馆使用率很高，收藏从恐怖小说到战争小说，其实并非每个人都乐意拜读经典作品。

这是在大西洋上的一周旅程中最惬意的景色，充满着海浪的节奏，银色的天际线。健身室里充斥着单调的脚踏板的隆隆声，峡谷农场配合温泉按摩，草药桑拿室里挤满了超重的人们。在两个巨大的剧院前，乘客们排成排，听着迷人的乌克兰三重唱，或者观看年轻的英国演员上演最伟大的《罗密欧与朱丽叶》或《仲夏夜之梦》，或者，就听人在模仿教主口吻作关于大西洋历史的演讲。

空中市场设计在第18层，英式餐厅和厨师，以番茄巧克力、多汁爽口的短肋骨和难免有点塌陷的巧克力蛋糕赢得良好声誉。但船上最好的食物恐怕还是在厨房里，好像名厨电视秀一样，萧恩·华特，一个俏皮的厨师，准备食物的同时就可以说服一打的就餐者前来观看。当他的芒果螃蟹沙拉做到一半时，事情忽然开始以一种昆丁·塔伦蒂洛的方式，变得令人激动起来。

事实上，这些投入的贪吃者把6天旅程中所有醒着的时间都花在了“放牧”他们的肠胃，因为船上可以在一天24小时中的23小时里吃到东西。下午4点，你会看到挤满了狼吞虎咽的、啃着黄瓜三明治和品着下午茶的人们，旁边还有一位令人想起英国滨海棕榈院阴雨下午的竖琴师，尽管这里的树是假的。

很少有比这个更好的了

其实，在船正式下水之前的一幕悲剧曾给玛丽女王2号蒙上了阴影。2003年11月15日，船还在布列塔尼半岛的Saint-Nazaire造船厂时，船上一个负载了50人的过道发生坍塌，一些人甚至被甩到了50英尺外的水泥干船坞里，15人死亡、28人受伤，其中大部分都是船厂工人以及在船只开往南安普敦之前来参观的他们的家人和朋友。

不过没人在意这些不良的预兆，跨越大西洋的送别依旧热闹。顶层甲板上准备了启航的香槟。这个勇敢的团队做了他们所能做的一切。但这两者都不能与扩音器中传出的幻影般的女高音相比。汽笛的啸叫最终淹没了周围的一切，彩条横幅从甲板上被掷向成群的漠不关心的海鸥。

玛丽女王2号有着数英亩面积的甲板，大大的观景窗、观景阳台。使那些对海洋既向往又有些恐惧的游客们可以极大限度地去忽略它。天文馆、赌场、模拟高尔夫球场、温泉区、迪士高、舞厅，这些接连不断的娱乐被设计来用于忽略周围的海水，甚至可以看都不要看见它。

但在起航后的第5天半时，玛丽女王2号遭遇了暴风雨袭击，船体受到一定程度的破坏，海神波塞东击碎了欢乐的场景——风级从1升到12，最后风速攀升到70英里/小时，这几乎达到了龙卷风的强度。同时，海浪也铺天盖地地卷来，自这晚以后几天里，大西洋路途的代价变得非常大，人们剩下的只有自己的感官，船舱多半都填了水，穿着燕尾服的男人们甚至将妇女和儿童领向救生艇。

还有比被迫坐在15万吨、以每小时35海里速度前进的船上，满眼除了蓝天、雨、被风吹动的水之外什么都没有更糟糕的吗？4月22日，玛丽女王2号驶过自由女神像时，人们回答："事实上，很少有比这个更好的了。"

玛丽女王2号的拥有者是英国人，由法国人制造，是目前世界上最大、最长、最昂贵的客轮，英国女王在船上为它命名。当时，女王打开法国凯歌香槟，倒入杯里说："我命名这艘船为玛丽女王2号，祝愿上帝保佑它和所有跟随它启航的人。"

该船设有温泉、5个游泳池、2000间浴室、3000部电话、4500级台阶以及成百上千的艺术精品，而船上的发电量，足可供应有30万居民的城市。

这艘世界上最豪华的游轮上，葡萄酒品种和数量都非常惊人，光酒窖里就储藏着约5万箱葡萄酒。为了让客人满意地挑到适合自己的酒，轮船还专门聘请了资深专栏酒作家担任顾问，船上的酒必须经后者和他的国际酒评团队推荐。仅酒单就厚达28页，包括了世界主要产区的葡萄酒。排在酒单前面的名酒有：1050美元一瓶的玛歌堡1982，1250美元一瓶的拉菲堡1982，2650美元一瓶的碧翠堡1989，还有来自澳大利亚、美国加州、葡萄牙、法国罗讷河谷和勃艮地的顶级葡萄酒。

想飞？

蔡伟

尽管目前北京天气寒冷，不适合飞行，但北京雁栖湖航空俱乐部从捷克引进的新型欧洲风神轻型飞机已经到货。

此前，该航空俱乐部使用的轻型飞机主要是国产蜜蜂3、蜜蜂4型和美国快银等低档次超轻型飞机，这类机型的售价一般为十几万元，只相当于一辆中档家用型轿车。而欧洲风神的价格约为70万元人民币，虽然是目前国外最便宜的超轻型飞机之一，但对于国内的航空俱乐部来说，已经是鸟枪换炮了。

“欧洲风神的主要特点是外形设计美观、速度快、升限高、航程远。而且装有导航雷达，具备了一定的复杂飞行能力。”韩广这样描述他们的新飞机。

据北京雁栖湖航空俱乐部副经理韩广介绍，华北地区乃至整个中国，民间飞行主要还是集中在滑翔伞和动力伞方面。相比之下，轻型飞机无论是在参与人数和俱乐部建设方面都较少一些。不少飞行航校都属国家机构，而高规格的民间飞行俱乐部还不是很多。总体而言，华北地区的私人飞行发展依然比较缓慢。

争夺空域

国内私人飞行远远落后于国外的主要原因，除了经济因素之外，还有一个重要原因是过去我们一直执行严格的空域管制制度。

“在私人用户市场上，这个瓶颈是最关键的。一辆200万的豪华轿车目前买者很多，但相对便宜得多的私人飞机却乏人问津，关键的原因不是没有人喜欢，而是空中管制。用户买了飞机是要飞的，否则就成了摆设。”韩广进一步补充说，即使私人拥有了飞行执照并购买了私人飞机，也不可以随意就开着飞机上天。“你必须将你的起飞地、目的地以及沿途经过的地域，向当地空军申报，经批准后，才可以在规定路线内飞行，这个申报时间至少要提前十天至半个月。”

2003年5月1日，新的航空管制法规出台后，空域问题不是大问题了，但目前轻型飞机仍然只能在指定的小块空域内飞行。这一方面与空中管制的限制有关，另一方面也受航空设施及人员的限制。

比如从北京飞往上海，除了需要事先获得批准外，飞机还需要具备足够的续航能力、适航能力，需要导航图，飞机上需要有导航雷达，驾驶员要懂得机场呼号，导航员和机场方向的沟通都需要培训。即便将来空域方面的问题获得解决，自由飞行的瓶颈依然很多。

与北方相比，目前广东方面在空中管制上的开放动作就比较大。

雁栖湖属下的飞行顾问有限公司最近在广东肇庆、清远、从化三地一次拿下了三个空域。韩广表示,“如果没有行业背景,做到这一点非常难。”据其透露,此前有台商和港商曾投资几千万试图进入私人航空这一领域,但最后都无功而返。韩广他们的俱乐部最近在深圳大梅沙争取一块飞行空域,由于该处靠近香港,俱乐部颇费了一番周折才获得了批文。韩广说:“要知道这是有风险的。当年有人从金山岭长城乘滑翔伞飞降到天安门,事后连俱乐部都被关了……”

爱飞的人

与国外几十万飞行爱好者相比,中国目前获得飞行驾照的人口比例可谓微不足道。据国家民航飞行标准司监察处的统计,迄今我国拥有私人飞机驾照的有一百八十多人,其中,开蜜蜂系列的有六七十人、开R-22直升机的有五六十人、开运5型的十多人。

而根据位于珠三角惠州淡水旅游区的深圳天鹰俱乐部总经理丁鲁军介绍,目前大陆地区,仅深圳就有私人飞机二十余架。在香港,拥有飞机驾照的已超过一百人,这些人无疑是内地广阔空域的潜在消费群。

从目前大多数飞行俱乐部报出的价位来看,获得最初级的国际通用飞机驾驶证只需30个小时的飞行时间,费用为3万~4万元(驾驶蜜蜂型飞机)。每小时的飞行费用为600~1200元(会员价低于普通客户)。雁栖湖飞行俱乐部的会员费是每年2万元人民币,客户可以将私人飞机寄存在俱乐部，每月的维护和保养费用是1500元，每小时空域使用费是600元。而深圳的天鹰俱乐部，初步预计会员会费在30万~50万元，每小时飞行收费高达3000元左右。

雁栖湖的韩广说："来我们这里学习飞行的人可谓三教九流，并非人们想象的都是富豪。不过可以肯定的是，都是比较有钱的人。从普通白领到私人企业主，从男士到女士，中国人到外国人，人群非常复杂。不过值得注意的是，现在学飞机，问的人多，真正来学的少；带有目的性的学习多，纯粹娱乐的少。对于轻型飞机，有钱人是为了玩，但大多数人是考虑到将来是否有用。"

含金产业链的空白

当美国富翁斯蒂夫·福塞特2003年夏季在新西兰奥马拉马冲击49009英尺的世界滑翔机飞行高度纪录时，中国的富人们大多还在热衷于炫耀价值1000万元的宾利轿车。

其实并非完全没有富翁关心私人航空，但据俱乐部的透露，基本上都是他们的秘书打电话来咨询，对他们来说，私人飞机的商业用途更多一些。

私人飞机在中国到底应该往娱乐方向发展，还是该瞄准私人商用市场呢？目前尚难定论。

不过值得注意的是，在《17个改变世界的人》一书中，便有十四个超级富豪酷爱飞行，这或许说明，许多富人喜欢飞行，根本原因是骨子里的冒险精神。

国内的一个典型例子是远大集团的张剑。张本人就是一个直升飞机驾驶员，他曾表示，对于被邀到外地开会，他是否同意要取决于当地能否提供他驾机前往的条件。尽管前段时间远大直升飞机发生了飞行事故，但远大目前仍有1架直升飞机、3架美国塞斯纳轻型飞机，其中一架属于比较高档的“奖状”公务机。

空管的限制、航空人群的薄弱，一定程度上限制了通用航空产业链这个金矿的形成和开发。

目前全世界约31万架轻小型飞机中，美国拥有约22万架，已具备完整的通用航空工业，形成了包括飞机制造商、零配件制造商、航空电子仪表制造商、飞行学校、飞行俱乐部、飞机租赁公司、飞机中介公司等一系列产业链，每年给美国带来相当于64亿美元的经济产值。

而在我国，这一产业链基本空白。目前，中国私人投资的飞机制造企业虽然已有北京科源、上海维鹰和浙江湖州泰翔等民营企业参与，但中国的私营飞机制造企业要不同程度地面对资金不足、技术力量薄弱和经验匮乏等问题。

即便是发展了多年的国有飞机制造公司，由于缺乏制造轻型飞机的经验，在轻型飞机的研制和生产上也存在着技术和资金问题。比如成功研制超七战斗机的四川成飞集团公司准备生产的超轻型飞机，是从并不怎么出名的美国老虎飞机制造公司引进的Tiger AG-5B型私人飞机；而有着几十年历史的石家庄飞机工业公司与中国航空飞行第一设计研究院及中国民航学院联合投资上千万元研制的小鹰500轻型飞机，在研制过程中也困难重重，目前尚未获得中国民航局的生产许可证和适航证。

与此相比，下面一个例子也许对我国通用航空业是一个触动：2003年10月23日，英国维珍–大西洋航空公司宣布赞助探险家斯蒂夫·福塞特进行世界首次“单人飞机不间断环球飞行”。美国的航空怪才、著名轻型飞机设计师鲁坦为此专门设计了名为“环球飞行者”的新型飞机。该机采用了一系列高技术以减轻飞机重量、降低飞机油耗。而实现这一目标的飞机设计和发动机，由不那么出名的Scaled Composites公司和威廉姆斯国际公司设计制造。

成为一名私人机主的必由之路：

拿驾照 参加一家具备国家认可资质的航校或航空俱乐部的培训，获得国际通用飞行驾驶证，并接受民航总局飞行标准司的驾驶员资格审核。

购买飞机 可以通过国内外厂商或代理，购买获得国家民航总局颁发型号许可证和生产许可证的飞机，并到民航总局适航司办理飞机国籍登记，即取得飞机的“身份证”。

维修管理飞机 机主必须确保有正规维修资格的机构负责飞机的维修、养护，以保障飞行安全。为此可以寻找一家具备国家认可资质的航空俱乐部代为管理私人飞机，可以将飞机寄存在民用机场或俱乐部。当然，如果有条件，也可以自己修建小型机场和跑道。

使用 在使用方面，由于目前600米以下的低空尚未开放，私人飞机只能在有限的航路上申请飞行。如从北京飞往上海，就必须同时向京沪两地的空管部门提前申请，严格上报飞行时间、机载人员等，程序繁琐。也可以委托飞行俱乐部、航空培训公司、通用航空公司代劳。

学开飞机四步走：

第一步，取得飞行驾照

确认你符合以下条件：

1. 年龄在16~59周岁；

2. 具有良好的道德品质；

3. 初中以上文化程度；

4. 能读、说、听懂汉语，并无口吃；

5. 持有中国民航总局颁发的有效飞行人员体检合格证。

寻找合适的飞行驾校：目前国内已经有十几家航空驾校可以教你开飞机。学习之前，最好先确认毕业后能否拿到正规的飞行驾照。

学费：考取不同类型飞机的私人飞行驾照，收费标准也不一样，通常情况下国产蜜蜂飞机为3.5万元，美国赛斯纳飞机、罗宾逊直升飞机需要9万元左右。至于商用飞行驾照的费用则为几十万至几百万元不等。

学时：以国产蜜蜂飞机为例，大约需要40小时的理论培训、30小时的空中培训、10小时的单飞。

第二步，获得可供驾驶飞机

1. 使用航空俱乐部的飞机。

2. 购买（确定你购买的飞机拥有民航总局核发的飞机适航许可证）。鉴于跑道及飞机停放方面的问题，你可以将飞机交给航空俱乐部托管。

3. 拿到国际通用私人飞行驾照的你，也可以去国外享受飞行的乐趣。

第三步，特殊用途的飞机还需注意

用于经营性活动的飞机，需要到工商部门注册；

从事航空体育活动的飞机，需要到体育管理部门办理有关手续。

第四步，向空管部门申请升空和飞行

学开飞机小贴士：

1. 如何选择飞行执照

按用途主要有3种飞行执照：

私人飞行执照。用于以取酬为目的之飞行。

商用飞行执照。如果你想以飞行为职业，必须取得此执照，但一般也从取得私人飞行执照开始。

航线运输执照。在经营航班的公共运输航空公司需要此执照。

取得以上执照后，根据学习的机型可增加飞机型别和等级。

2. 培训有哪些内容

各飞行训练机构将根据实际情况灵活安排学习程序。一般来说有体检、理论学习、理论考试、模拟器训练、飞行训练、飞行考试6个步骤。

实际学习中，前2个步骤一般可在学员本地完成，其他几个步骤集中在较短的时间完成，也可分几次学完。集中时间一般需要20天左右。

3. 国内私人飞行执照培训基地

中国民航飞行学院新津分院：所在地成都新津县；电话：028-82580038；使用飞机：运五、TB20、贝尔206。

东方航空教育培训有限公司：所在地上海市；电话：021-64325391；使用飞机：赛斯纳172。

安阳航空运动学校：所在地河南安阳市；电话：0372-2924686；使用飞机：赛斯纳172、R-22、R-44。

武汉直升机通用航空公司：所在地武汉市；电话：027-85496101；使用飞机：恩斯特龙直升机。

白云通用航空有限公司(原阳江通航)：所在地广州；电话：020-86121045；使用飞机：运五、R-22、R-44。

4. 学飞行需要多少钱

国内6万~8万元。英语好的学员也可到国外培训，美国培训费用最低，约3000~4000美元，但考试相当严格。

5. 省钱的办法

① 选择合适机型。不同的机型有不同的价格，R-22比贝尔206低许多。

② 问清楚培训项目与价格，以合理掌握费用。

③ 避免增加培训时间。培训费用还与飞行时间有关，应尽量提高学习质量。

④ 函授学习理论，可减少集中培训的时间。

也来场高尔夫革命

王　星

当500年前的苏格兰牧羊人在做一个与小圆石有关的游戏时，恐怕没有想到这个游戏会在之后的几百年里成为牧羊人根本没资格也打不起的一项专属于绅士和贵族的运动。

高尔夫是这个世界上准入门槛最高的体育运动之一。首先要求你有身份。后来随着社会对于身份和地位判断标准的转变，有钱人破除了出身高贵门第的门槛，但随之带来了金钱的门槛。

其次要求严格的礼仪和着装。与其他运动相比，高尔夫服装的变化显得保守而缓慢。甚至在很长的时间里，种族、肤色、性别都会成为你踏足高尔夫球场的障碍。伟大如伍兹者出道之初也曾饱受种族歧视之苦，强横如《纽约时报》者也会因为批评奥古斯塔不接受女性会员而备受抨击。

现在，高尔夫运动在全球范围内步入了一个动荡的年代，贵族运动的面纱被扯下，高不可攀的门槛被踏平，古板严谨的规范被挑战，潮流涌动，风起浪翻，或许，高尔夫革命已经到来。

消费革命已经到来

在欧美国家，高尔夫已经经过了“少数人的贵族运动”的历史阶段，自上世纪70年代起，大量公众球场的出现让高尔夫迅速平民化。今天，在美国公众球场打一场18洞的高尔夫只要十几个美金，合人民币100元左右。而考虑到两国的收入差异，其实比我们在体育馆打一个小时的羽毛球还要便宜。而且许多公众球场对于本社区居民还有优惠，甚至六七美元就能打上一场。美国两万多家高尔夫球场中，公众球场占到了80%以上。如今，平均每天在美国的土地上都会新出现一家球场，几乎全部是公众球场。

反观中国，高尔夫消费的革命才刚刚开始。中国目前有200多家高尔夫球场，全部都是会员制的俱乐部，会籍从十几万元到几十万元不等，决非普通百姓所能参与，甚至中产阶级也不具备可以到高尔夫球场随便消费的实力。高尔夫在中国还基本是一项贵族运动，属于有钱人的休闲场地。

问题很大程度上在于我们对高尔夫的定位。在美国，政府出于绿化、环保和社区健身的考虑，将一些垃圾填埋地等需要整治的地块无偿或以低租价供给投资商建设高尔夫球场，从而为经营者降低了这项运动的成本。这使得高尔夫行业形成了成熟的市场层次：服务于富人阶层的球场实行会员制，用高价格圈定消费者；更多的球场面向散客大众，价格低廉。而在我国，只是把高尔夫看成有钱人的奢侈消费，从报批、地价、税收等方面都设置了较高的准入门槛。投资商往往上亿元的投入也让他们只能瞄准高端客户，而且中国的新富阶层和大量在内地经商的港台和外国高级经理人也在抬高市价。

不过，消费革命已经到来。2003年11月份，在深圳龙岗诞生了中国第一家公众高尔夫球场，18洞只要200多元。而一旦中国的中产阶层真正进入球场，那将是一个非常巨大的市场。据悉，目前各地都在上马公众球场项目，这也将对会籍数十万、月费上千元的会员制球场带来一定的冲击。

着装革命正在开始

高尔夫运动的规范也在面临挑战，革命呼声高涨。2003年泰格·伍兹伤愈复出后所参加的第一场比赛——别克邀请赛上就闹出轩然大波，看似与往常没什么不同的红色上衣、黑色长裤谋杀了无数菲林——伍兹的上衣居然没有领子！那些打了一辈子高尔夫乃至刚刚接触高尔夫的人简直都不敢相信自己的眼睛。

上衣必须有领，这是任何人初学高尔夫时都无法回避的基本高尔夫着装规范和礼仪。如果不是伍兹，这简直就是大逆不道。不过因为是伍兹，所以这个话题在美国的一些著名高尔夫俱乐部之间也产生了分歧。霍斯顿山球场的助理阿莫表示："如果是泰格·伍兹，他想穿什么都可以。不过一般人就想都别想了，我们不会放你进来。"而切诺基乡村俱乐部的琼斯则坦言："他穿没领的衣服是不能在我们这里打球的，谁都不行。"——分歧在于是否接受伍兹，而至于伍兹以外的人，大家的意见无疑完全一致。

在国内也是如此，你可以在很多高尔夫俱乐部看到这样的规定：所有会员和嘉宾在本俱乐部的任何时间，都必须按相关规定着装。进入高尔夫球场打球的球员应穿有衣领和衣袖的高尔夫恤衫，配西式长裤或短裤及裙(短裤及裙的长度应不高于膝盖以上6英寸)，穿着高尔夫球胶钉鞋。穿着牛仔裤、跑步短裤、沙滩裤、运动套装及硬钉鞋的球员不得入场。

不过，坚冰已被伍兹打破。剩下的也许只是时间。今天我们在形容伍兹那件没领的衣服时还在说“那就像穿牛仔裤打高尔夫一样不可接受”，也许，不久的将来，牛仔裤出现在球场上也没什么大不了的。

LPGA(美国女子职业高尔夫协会)一直致力于推广女子高尔夫运动，他们把女子网球的成功视为榜样，希望通过对美女球员的宣传、个人造型的塑造和服装的改进能够让女子高尔夫球手也多一点性感。LPGA曾邀请安尼斯顿、麦当娜、莎朗·斯通等人给球员们做个人造型方面的讲座，从他们聘请的专家就可以看出他们对“性感”的追求。LPGA规定，从2003赛季开始，球员比赛应该穿着有颜色的衣服，其实就是在鼓励大家大胆穿衣，吸引注意力。其实，反对的力量往往来自球员本身，在日前结束的澳大利亚公开赛上，还是有许多球手穿了黑白色的服装，使得球场上卡瑞琳的紧身红色上衣愈发耀眼。夺冠的麦凯和LPGA打了个擦边球，上衣还是白色的，短裤却是鲜红的——不过说真的，这种搭配不大好看。2003年《花花公子》杂志评选最性感的高尔夫女球手，LPGA总裁沃陶十分配合，亲自挑选图片。但是后来当选的科什却并不领情，拒绝为《花花公子》拍照，这让LPGA的官员们十分痛惜。

反科技、反性别歧视呼声高涨

同时,反科技革命的呼声也高涨。多少年来,高尔夫球科技不断发展,球员开球距离随之不断增加,高尔夫运动历史上的传奇人物杰克·尼克劳斯也说:“我当年夺冠时的开球距离在今天看来毫无竞争力可言……如果继续让高尔夫球保持现状,就必须不断加长球道距离。过不了多久,我们就得在市区的某地开球了。”钛合金球杆的使用导致碰撞系数的飙升,提升开球距离。凡此种种,Titleist等公司不断发动高尔夫科技革命,让球飞得越来越远、越来越准,而今USGA(美国高尔夫协会)却在致力于发动反科技革命,对球和球杆进行非常严格的测试,避免让本应充满个人魅力的比赛变成各大公司科技水平的较量。

今天,在球场上,种族和肤色已经不再是一个不可逾越的鸿沟。而这个进步,在很大程度上要归功于泰格·伍兹。有着白人、黑人、华人、印第安人血统的伍兹是美国人的骄傲,建立起了伍兹时代。倒是性别问题山雨欲来风满楼,围绕着奥古斯塔俱乐部不接受女性会员的问题,无数人卷入其中。70年的私人俱乐部传统和声势浩大的反对性别歧视潮流正面对撞。为了表示对不接受女性会员的抗议,CBS(哥伦比亚广播公司)前总裁威曼成为了第一个主动退出奥古斯塔的人,虽然不久之后他就死了。奥古斯塔俱乐部的底线也一退再退,约翰逊表示不排除接受女性会员的可能,只是大赛赛前不会考虑这个问题。这说明革命只是时间问题。

有没有必要当一个马主

蔡 伟

在北京、上海、广州等大城市，马术俱乐部这种新的娱乐机构正逐渐在城市的周围密集起来。仅在京郊，超过20多家马术俱乐部已经布满了北京的四周。

远在顺义孙河镇的天星调良国际马术俱乐部，算是距京城最近的一家马术俱乐部了。记者前往时，发现交通地图上看似遥远的距离并非想象中那么遥远。

从四元桥乘车走机场高速，在北皋出口进入京顺路后，由第三个红绿灯左拐，几分钟后，就发现了长长围墙前那个不起眼的黑色马头铭牌。俱乐部的总经理王蔷正要出门接一个顾客。出乎意料，王蔷看上去只有二十多岁的样子，原来是《时尚》杂志的编辑。两年前她离开杂志社，和先生还有一些朋友加入了这家马术俱乐部。先生是股东之一，她“只是一个小股东”，而“真正的大股东并没有露面”。

马术俱乐部的一天

俱乐部约有两三个足球场大，拥有数个不同用途的训练场地，还有室内训练场和准备明年种草的新训练场地。

在俱乐部酒吧后面，两架全新的初教六螺旋桨飞机被蒙布遮蔽着——这是大股东新买的飞机，他也喜欢飞行。

在俱乐部的两个场地中，4个八九岁的法国小女孩头戴黑色骑师帽，身着全套骑装，骑着高头大马，在教练的指令下进行打圈训练。她们的父亲在法航工作，每周都会来训练一次。在这里，无论是成人还是儿童，都可以在俱乐部的训练方案中选择一种。每次来之前，只需提前约定时间，俱乐部便会事先安排好场地、马匹和教练。此外天星调良马术俱乐部还有专门的小马俱乐部，专门针对未成年的骑马爱好者进行培训。

另一些更特殊的客户，是拥有自己马匹的马主。与一般的骑马爱好者相比，他们的兴趣延伸到了骑乘之外。

出乎记者意料的是，一匹不错的骑乘马的价格并非想象中那么昂贵。在国际上，一匹好的赛马，价格从几十万美元到上千万美元不等，而国内从海外引进的比赛用马则由几十万到上百万人民币也非常普遍。在天星调良俱乐部记者了解到，这里一些训练用马的价格为几万到十几万元，而这些马匹外形高大俊美，也容易调教，已经能够满足绝大多数骑马爱好者的要求。

据俱乐部的张可教练说，马匹远远不只是一个娱乐的伙伴，还可以是一个投资的工具。价格高达上千万美元的昂贵赛马固然并非罕见，但大量价格远低于此的良种赛马，其成交量却更为频繁。张可在欧洲学习比赛的时候，身边赛马的转手便非常常见。事实上，比赛和马的交易经常交错进行。投资也是马主养马的重要目的之一，但另一方面，对马匹的驯养本身，也是娱乐生活的重要组成——人与马的感情亲和，是养出来的。

在天星调良俱乐部的马厩里，记者看到数匹高大的马匹，其中一匹名为“伯爵”的苏血马尤其漂亮，工作人员正在为“伯爵”准备鞍羁。

苏血这个品种出自张北地区的养马场。解放后，苏联曾经赠送给我国一批名马，全部在张北地区的马场饲养，并在几十年的时间里形成了这个品种。

“这匹马的主人马上要来，”王蔷说，“我们需要提前做好准备。”与私人飞机的拥有者一样，中国现在的马主们，只有少数人拥有自己的牧场和马厩，而大部分居住在城市的马主，一般都选择将马匹安置在马术俱乐部，由俱乐部负责养马、驯马、医马等几乎所有“后勤”工作。

对于缺乏养马和驯马知识，又缺乏时间和实践的马主来说，把这些技术性很强而又耗时的工作交付俱乐部打理，可以更好的保证马匹的训练质量和未来骑乘的安全。在缴纳一定的费用后，每次来之前只需一个电话即可，这马主倒当得无牵无挂。并且，许多马主的马匹也是由俱乐部帮助指导挑选的。

骑马是为了什么？

张可说：“为了快乐！如果不是这样，我劝你不要来这里。”坐在俱乐部酒吧的沙发里,张可讲起了小时候如何爱上马的故事。由于喜欢马,那时的他经常拿家里的菜去喂胡同里赶大车的马。第一次骑马是在15岁的时候,他被姐姐用激将法骗上了马背。

尽管喜欢踢足球,爱好养鸽子,但张可最后却成为了一名马术运动员。为了提高竞技水平,他多次自费前往法国和比利时学习马术,曾在国外无偿为马术教练和马主当助手,为的是能够免除高额学费,并无偿使用教练的马匹。

"国外马术运动相当普及。"张可说,"荷兰国内有150万人骑马,但能够参加国际比赛的运动员只有150人左右。像法国养马历史如此悠久,在欧洲也只能排在德国、英国和西班牙之后。我在国外最重要的目的就是比赛,因为那里才有众多高水平的赛事,而这对于提高竞技水平和对马术精神的理解是最为可贵的。像我这样的国内专业运动员,在国外还不及许多十几岁的骑手,可见我们在马术文化上的差距。"

爱马和懂马

张可所说的马术文化,其精髓就是爱马、理解马。他解释说,马不是咬人的动物,而是防卫性的动物。对于人,它的第一反应往往是怀疑,然后是逃跑。所以想骑马的人,首先要懂马。要消除马的怀疑,首先就要接近它、亲近它。而养马是最好的方式,比如喂马食物。

马属于学习模仿能力较弱的动物,因此对于马的训练,主要是通过条件反射的培养来进行,这尤其需要时间和耐心。

在马厩中，张可站在由他训练的“伯爵”身边，吆喝着“UP，UP！”随着他的指令，“伯爵”抬起一只前蹄，张可用双腿将其夹住，从口袋里取出一个小铁刮子，干净利落地将马蹄中的杂物清理干净。随后，“伯爵”驯服地依次抬腿，让它的驯马师逐一清理完所有马蹄。

“这就是爱马、理解马的日常工作之一。你只有知道它喜欢什么，不喜欢什么，哪里不舒服，想要做什么，才能让它淡化对你的警惕，并接受你的指令。”说着，张可忽然从口袋里掏出一个胡萝卜放在“伯爵”嘴下，“伯爵”立即低头咬了一口。这举动立刻让旁边马厩里的一匹马伸过了脖子。

胡萝卜是喜欢骑马的人口袋里必备的东西。你只有经常奖励马，它才会亲近和服从你。而当马每次执行命令后都获得胡萝卜，长期下来便能形成条件反射，继而逐渐服从你的指令。

果然，当张可再次将空手放在马头的下方时，“伯爵”立刻温顺地低下了头。“其实这只是条件反射，但在别人看来，我让它温顺地低下了头。”

太阳逐渐西斜，预约的马主却迟迟未现身。

王蔷和张可聊起了许多养马人的故事，流露了些许遗憾——许多人成为马主并非由于真心的喜爱。

“好些人来到我们这里，就问最贵的马多少钱，然后就开支票，一切手续费用交付后，却往往再也没来看一眼……”王蔷说。对于某些人来说，养一匹马的原因也许只是因为朋友养了，自己也不甘落后；又或者认为，这既是某种身份象征，自己也该有这么个“配置”。

"如果仅是这样，其实没有必要当一个马主。"王蔷还不无无奈地感叹，某些媒体过分刻意地渲染马对于身份和财富的概念，而这对于马文化已经非常匮乏的人群来说，是再次的误导。

一个马主的故事

就在天色渐暗时，"伯爵" 的主人终于出现了。打过招呼后，他站在俱乐部的吧台边上，点起一支烟，向服务生要了一个烟灰缸。刘明大约30岁左右，中等身材，一身红色的夹克，看上去完全是一个城市青年的形象。

从1997年开始，刘明已经先后拥有过5匹马。"伯爵"是由上一匹母马所生，原来在通县一家马术俱乐部驯养，后来觉得天星调良比较正规才转到这里。记者此后从俱乐部的"伯爵"训练备忘录上，看到了半年来"伯爵"在训练中的进步和缺点，从健康到训练，都有比较详细的记录。

刘明的另一个爱好是赛车。这的确很有意思——他的两个爱好竟然分别是古代和现代的座驾。对于从事日用品生意的他来说，因为从事的行业"过于枯燥"，所以"需要刺激的活动"。

而对于"刺激"的爱好，在前不久还令他付出了金钱和时间之外的另一个重大代价——在一次越障中，他从马身前面摔下，"碗口粗的横杆都被砸断了。"刘明微笑着比划。

这次代价的后果是，他在医院里躺了一个星期，后遗症则是一度产生了心理畏惧障碍——不敢骑马了。"说实话，心理障碍现在还有一点。"刘明笑着说，不过教练的指导有助于逐步把它克服。

“今天就是专门来骑一下的,不过因为有事晚了。”但张可教练还是要骑“伯爵”跑一跑,活动活动,也让他看看“伯爵”近来的训练情况。

太阳西下,马场上已经空空荡荡。张可正骑着“伯爵”,在训练着“盛装舞步”……

尾声

在北京黄昏的寒风中,刘明和女友站在围栏边上,默默注视着训练中的张可和“伯爵”。短暂热闹过的马场重归寂静。

如果有越来越多的人理解马和马业,也许中国马业的寂寞就只是暂时的现象。但假如马在我们的社会仅能成为富豪的识别物,那么中国马业的未来将不可避免地再次面临孤独。

滑雪：享受白色速度

“咻！咻！咻！”像《老友记》(Friends)里的美女Richel所憧憬的那样，李静一身鲜艳的滑雪服，从银装素裹的山腹雪道上冲了下来，“噌”一下就到了你眼前，脸上立刻绽放出满足的笑容。不到半天，她已经凭灵活的身手被“赶出”了笨拙的滑雪初学者队伍，堂而皇之并且得意非凡地“移师”中级道。

滑翔的快感

“蓝天、白雪、青松，从高山之巅一路呼啸而过，耳边是呼呼的风声，眼前是一片开阔的白色世界，短短几分钟内享受着飞翔的快感。”这是初学者李静描述的滑雪感受。

除初、中、高级雪道外，一般雪场还有滑雪圈和雪地摩托等项目。南山滑雪场则增加了雪上飞碟、儿童雪地摩托、六人制雪地足球场、雪雕DIY。而老牌的石京龙滑雪场引进了国外流行的项目——雪桑拿和泡温泉。有的地方甚至还有狗拉雪橇。飞雪让羁绊在寂寞冬日里的人们多了生活的选择。单位组织、参加旅行社团体、家庭DIY和自己驱车前往的散客,组成了滑雪大军。

北京的摄影记者乌苏,几年前第一次去黑龙江的亚布力滑雪场的时候,有了一种奇异的感觉,"我感到自己被迅速吸引并沉陷下去。我看到皑皑白雪和周围的自然环境融为一体,乘缆车上到山顶,天很蓝,周围是一片片白桦林,脚下是松软的白雪,滑雪不再是简单的一项运动。"本来抱着找乐找刺激的目的,没想到第一次就被它征服了,乌苏认为这是自己和一般滑雪者质的不同,他爱上了这项运动。

"有一次为了拍片子,到了黑龙江一个叫'雪乡'的滑雪场,那里是山区,交通不便,但是一个真正适合滑雪的地方,几乎每隔3天就下一场大雪,人很少,我在那里玩得非常尽兴,有种在'林海雪原'里飞速穿梭的感觉。"自此乌苏每年有机会就回长春老家过过滑雪的瘾,有时候利用工作之便还能到别处转转,最近刚刚从黑龙江冰雪节回到北京,拍了厚厚一沓照片。算起来他现在也是一个正儿八经的滑雪发烧友了,四五年的滑雪历史,偶尔上上高级滑道,尽情享受从高处飞速滑下的控制力。

"滑雪最吸引我的地方在于它需要一种对速度的控制,我着迷在尽情发泄和理性控制之间的临界点,让我很享受。"在外企工作的齐悦忙得马不停蹄,但还想着组织同事一块儿去滑雪。

"就像大多数男人都喜欢车一样,滑雪的速度让我也有风驰电掣的感觉,而且你只能靠自己,互相之间帮不上忙,我喜欢这种特性。"

中层之爱

不过，喜欢一种运动有时候只是因为它酷。就像街边玩单板的男孩，一身行头，一种架势，就能把孩子迷疯了。艳丽的滑雪服、深色太阳镜、滑翔的架势，很酷的感觉满足了小小的虚荣心。12月底某个周末，记者在今年新开张的云佛山滑雪场初级道上，看见到处是穿戴整齐的初学者，尽管行动笨拙，可行头一点也不含糊。

除了独行军和单位或公司组织的集体活动，还有很多滑雪爱好者像徒步旅行的背包客一样，组成一个小团体。网上有很多户外运动的站点，他们就通过这些站点发帖子，召集志同道合之士，选好地点，设计路线，做好人员、费用的计划，然后使用最经济的交通方式，例如火车、汽车，甚至马车。

很多北京滑雪爱好者几个哥们儿好友一起，自带雪具，开车去京郊，滑雪、吃烧烤，顺便兜兜风，不太累就回家，累了就在郊区宾馆住下，有兴致的还专门跑去雪场开的木屋住。滑雪只是活动之一，大家似乎更享受以滑雪的名义进行的周末生活。“有的几家人一起出来，有的好朋友一块儿，碰到疯狂一点的，每周都出来一次。”

南山滑雪场的霍小姐介绍，他们对游客做了调查，发现滑雪者中15~40岁的人占大多数，以公司白领和中、高层管理人员为主，月收入在3000元以上的居多，这部分人在北京占很大比例，为此他们设计了记次卡。“我一些滑雪的朋友都买卡，比较划算。”

乌苏说道。这些卡和各种银行卡一起，安安静静地躺在钱包里，等待使用。

从贵族滑向平民

在运动量减少的冬季，只有少量极具吸引力的活动才足以把人群从暖和的房子里吸引出来，滑雪是其中之一。滑雪可以增加冬季的室外活动量，调节人的心肺功能，加上清新浪漫的环境，历来被标以一种健康、时尚的运动，在欧洲、北美等国家非常流行，滑雪与高尔夫球、马术、台球并称为四大贵族运动。过去北京人想滑雪要到黑龙江的亚布力、吉林的北大湖等中国有名的雪场，长途旅费、装备昂贵。黑龙江的亚布力风车山庄(全国著名滑雪场)一度成为北京时尚生活的风向标。

而从最早的延庆石京龙滑雪场开始，到后来怀柔、密云、昌平、门头沟、平谷的滑雪场等，京郊滑雪场已达10家，游客人数，2003是20万，2004年据滑雪场估计达到40万~50万人。滑雪贴近了普通北京市民的冬季生活。

1996年，北京承办了“亚洲冬季运动会”，滑雪开始在北京预热。五六年前的北京，滑雪是运动员的事，是外国人的事，是冬天爱吃炖菜的东北人的事。一套滑雪家当，包括滑雪板、滑雪橇、滑雪服、滑雪靴、眼镜、手套等等下来，至少得花两三万，现在一套大概一万多、两万就可以了，降幅达30%~50%。

中国民航下属一家IT公司2002年12月27日组织了一次部门活动，到云佛山滑雪场滑雪，找了一家旅行社代理，门票和租雪具加起来每人平均100元,不限时间。组织者周惠对活动效果很满意,“滑雪是室外的有氧运动,我们部门年轻人多,就喜欢这种活泼、新颖的形式,而且花钱不多。”

据南山滑雪场的资料,2004年已经组团来南山的有三夫户外俱乐部、西门子(北京)、诺基亚、神州国旅、丽都饭店、东方君悦大酒店等等俱乐部或公司。中国滑雪协会秘书长田有年接受媒体采访时说:“随着中国大众滑雪事业的快速发展,滑雪已经不再是所谓的贵族运动。”

“滑雪,时尚又实惠!”一位爱好者则如此评价。

作为媒体记者的乌苏却不以为然,“这是虚火,大家都是凑热闹,看新奇,北京的条件目前还不足以形成大量的滑雪团体。这仍然只是一小撮爱好者的生活方式。”

乌苏很向往阿尔卑斯山,他希望有一天能像其他幸运的朋友一样,狠狠地爽一把。

附录:

滑　雪

滑雪运动起源于欧亚大陆北部极度寒冷的地区。最初,人们也许是用皮带把大片兽骨绑在皮靴上,作为滑雪的工具。

1896年,奥地利人札斯基发明了一种将一双雪橇以某种倾斜角度推入雪坡,以控制滑降速度的方法。20世纪初期,奥地利人施乃德根据札斯基的发明,发展出崭新的转弯和刹车技巧。自此以后,滑雪运动日渐风行。

种　类

大致可分为三种:阿尔卑斯山式、北欧式和自由式。

阿尔卑斯山式:是指沿雪坡滑降的滑雪运动,其名称是由滑降运动源于阿尔卑斯山而得,包括了各式技巧和动作,其中三种最基本的动作是直降、横渡和转弯。

北欧式:包括了越野滑雪和滑雪跳跃,名称的由来是因为这种运动起源于北欧各国。越野滑雪是最大众化的滑雪方式,而滑雪跳跃则使人像空中飞人一样,需要过人的胆识和高超的技巧。

自由式:自由式滑雪其实就是一种特技表演,表演者从陡峭而崎岖不平的雪坡向下滑降,同时还得表演后跳、踢腿,甚至翻跟头等其他惊险的特技。

器　材

滑雪板从1000元至10000多元不等,滑雪杖从100多元至800多元,各种固定器或头盔400多元,有色镜、防风镜从100多元至1000多元,滑雪靴从800多元至3000多元,通常滑雪场有器材出租,游客不妨租借。

触摸环法之魂

柳 新

2003年7月5日，第90届环法自行车赛正式拉开帷幕。从创立之初到现在，环法已经整整走过了101年。

经过100年的风吹雨打，环法成长壮大起来。除去世界杯和奥运会，环法已成为世界第三大体育盛事，近几年，每年都有约10亿人通过各种途径观看了比赛。

对法国人而言，环法不仅是一项世界级赛事，更成为一种文化：它植根于历史，承载着历史；它是对人类力量的考验，更是对人类意志的挑战；它是颂扬英雄的篇章，它是全法狂欢的节日……看似沉闷的环法下面，掩藏着法国人对英雄主义的不懈追求。

百年环法的历史河流上，漂浮着无数语词。1903年7月，诞生之初的环法设置了6个赛段；在这河流中，我们也挑出6个关键词来触摸环法，纪念百年。环法之魂，或许就在这些语词背后若隐若现……

竞 争

环法这一赛事是在两家报纸的竞争之中诞生的,从一问世它就充满了竞争。

1903年的一个中午,德斯格朗吉不断在办公室里踱来踱去。助手勒菲尔刚刚提出了在几个大城市间举办连续自行车赛的建议,这一来可以扩大自家报纸的影响,二来还可以打击对手《自行车报》。办还是不办呢?徘徊许久,曾是专业自行车手的德斯格朗吉终于鼓足勇气敲开了《车报》发行人戈戴的办公室。

时间在等待中停滞。思量再三的戈戴最后决定支持,他告诉德斯格朗吉:“你放手去干吧,我相信这项赛事将给我带来丰厚的回报。”

时间证明戈戴的直觉是对的。第一届赛事成功之后,《车报》的销量就翻了一番,达到每天6万份;随着环法的壮大,《车报》更成为强势媒体。很快,《自行车报》就倒闭了。《车报》后来变身为《队报》,一份现在在法国最有影响力而且读者最多的体育报纸。

第一届比赛,法国人加林以94小时33分14秒的成绩夺冠,他领先第二名近3小时。随着赛程的加长、参赛车手的增多和科技的进步,竞争愈发激烈:1964年,法国车手安奎蒂以领先第二名55秒的优势夺魁;1977年,法国车手瑟夫内以48秒的优势折桂;1989年,美国车手勒蒙德以8秒的优势捧冠(这也是环法百年历史上冠亚军差距最小的纪录)……几千千米的赛程,不到1分钟的差距,环法竞争的激烈程度可窥一斑。

竞争不仅激烈，而且残酷。为了节省时间，车手通常在自行车上喝水进食，而最后能坚持赛完全程的还不到1/3。

后来，环法有了数百名参赛者，真正能赢得荣誉的只有寥寥几人，所以有很多选手服用禁药，甚至不惜付出生命的代价。难怪有不少体育界人士乃至平头百姓感叹：环法才是世界上竞争最激烈的比赛。

历　史

如果对环法的诞生再追溯得远些，环法可以与法国历史上著名的"德雷福斯事件"拉上干系。

19世纪末，犹太裔军官德雷福斯被控卖国罪。当时的法国大致分成了两派，以政府为代表的，认为德雷福斯的罪名成立；以作家左拉为代表的，认为德雷福斯是冤枉的。当时法国最大的自行车赛报纸《自行车报》内部也分成两派，编辑吉法尔与投资者狄翁的观点截然相反。这最终导致了他俩的决裂。狄翁另起炉灶，创办了《车报》，并聘请德斯格朗吉主事。正是后者及其助手直接催生了环法。

法国媒体提起这段史实，总喜欢骄傲地写上这样一笔："环法是在历史中诞生的。"

环法诞生不到10年，第一次世界大战爆发，环法被迫中止。第二次世界大战，法国分为两部分：一方是与德意志法西斯合作的维希政府，另一方则是以伦敦为基地的"自由法国"流亡政府。环法也因此中断7年之久。1947年，环法重新开赛。在当时的许多法国人看来,这是国家重新成为一体的标志性事件——在自行车的车轮下,再度勾勒出一个完整的法国。

意义远远不止这些。随后近10年参赛并获得荣誉的本土选手还成为法国人眼中的英雄。博比在1947年——环法第二次重启的第一年就夺得冠军,1953年到1955年更成为第一个获得三连冠的法国车手。他不仅击败了许多德国车手,还多次击败了当时的意大利名将考比。法国人的民族自尊在两个轮子的战场上得到了满足,博比的名字变得家喻户晓。

上世纪五六十年代的辉煌过后,环法开始真正流入法国人的血液中、骨子里。那金子般的岁月也被记载于史册中,随着时间的推移,越来越多,越积越重,直至汇成那厚重的百年环法史。

艰 苦

环法有一个别名"力量之旅"(Tourde Force),环法还有另一个别名"受难之旅"(TheTourof Suffering)。两相比较,后者似乎更能说明环法的真谛——几千米的赛程,不仅仅需要强健的体魄,更需要坚忍的意志和不断挑战自我、超越极限的勇气。

第一届环法赛程全长2428千米, 为了满足人们对挑战极限永无止境的好奇心, 德斯格朗吉不久就决定增加比赛的距离和难度。他的助手史泰恩斯提出让车手们穿越阿尔卑斯和比利牛斯山脉,德斯格朗吉无法确定这一方案是否可行,就派史泰恩斯前去考察。这次考察本身也成为一种挑战。

史泰恩斯考察的是法西边境的比利牛斯山脉。他先雇了辆车上山，恶劣的天气却将司机半途吓退；他又叫了名牧羊人领路，夜幕降临时后者也悄悄溜走。史泰恩斯没有放弃，他还真找到了一条路。在下山的路上，史泰恩斯在冰面上摔倒，滑到一条已经结冰的山涧中。幸运的是他最后被当地居民救回。还在救援所，他就给远在巴黎的德斯格朗吉拍了电报："……路很好……非常可行……"

这封电报改变了环法：1906年，比利牛斯山脉被纳入环法赛程；1910年，车手们必须翻越阿尔卑斯山脉。这一届环法的艰苦远远超出人们的想象。时值盛夏，车手们完成比赛得骑完4737千米。最快的一名车手完成这326千米的山路赛段花了约14个小时，而最后一个则超过18小时，这意味着他得独自在黑夜里前进。那时没有平整的柏油路，有的只是崎岖不平的山路，车手们往往是在牧羊人或是走私犯的指引下前进。一名记者当时曾驱车跟踪车手拉皮泽。在山顶，拉皮泽瞪大眼对他说："你们都是罪犯，你听到了吗？告诉德斯格朗吉，这不是人做的事！"最后，拉皮泽第一个冲过了终点。从他嘴中迸出的还是老话："德斯格朗吉真他妈是个杀人犯！"

1926年，环法的赛程达到史无前例的5745千米。比利时车手布瑟足足花了约239小时才夺得冠军，参赛的126名车手也只有41名到达终点。7月14日更成为环法历史上地狱般的一天：比利牛斯山脉上的五条道路因冷雨大风而封闭，到了午夜，才有47名车手归来，更多的则需要救援队去拯救。

1981年，德国导演魏纳·赫尔佐格推出电影《陆地行舟》。拍摄过程中，他曾雇用数百人抬着巨船翻越安第斯山脉，一名印第安人甚至因此而丧命。疑惑还有批评如潮水般涌向了赫尔佐格。赫尔佐格坦然回答道:“我只是想证明人类不是懦夫。”

环法同样证明了人类不是懦夫。人类的意志力在这艰苦的磨砺下闪光,那光芒也吸引着越来越多的人们来关注环法、向往环法,直至将环法当成一种信仰。

传 奇

漫长而艰苦的比赛使每个能到达终点的车手都蒙上了神秘的色彩,能数度夺冠的车手更成为人们心中的英雄。随着时间流逝,这些英雄愈发遥远高大,他们的故事作为传奇在法国大地传唱。

比利时人莫克斯是环法历史上最特立独行的车手。他被称作“食人者”。1969年,他在山路赛段脱颖而出,独自一人骑了足足140千米。法国媒体称那一天是“莫克斯主义的诞生”。《队报》解释说,“莫克斯主义”就是抛弃那些无用的言行,为获胜而胜,为地狱般的赛程而胜,为荣耀而胜。

闷头向前的莫克斯成为环法历史上第二个五冠王。在他之前的五冠王是法国车手安奎蒂,之后则是法国车手希瑙尔和西班牙车手安杜兰。

安杜兰是货真价实的“超人”,他的身体状况已不能用常理来解释:他休息时的心率居然是每分钟28次,他吸入的氧比顶级的业余骑手高出40%,每分钟的血液流量是他们的两倍。崇拜他的车迷把他当成半神半人来看待,熟悉他的人则给他起了个绰号

“面具”——他总是少言寡语，无论是比赛还是平时都是同一副表情。这个如岩石般坚硬的硬汉直到1998年才说了真心话：“人们总是说看不到我受苦的表情，但每次我看比赛的录像带时我总是能记起那些我必须忍耐的苦痛。”

美国人阿姆斯特朗则有望成为明天的传奇。他战胜癌症而夺冠的神奇经历甚至带来了整个环法的复兴。人们都相信战胜癌症和死神让他拥有了超乎常人的心理优势，与莫克斯和安杜兰相比，他是另一种意义上的“超人”。2004年夏天，全世界的目光都聚焦在他一人身上——他破纪录地第6次夺得环法大赛的冠军。迈入“六冠王”的圣殿。

谱写传奇的不只是这些胜利者，那些不言放弃的车手同样值得传颂。1913年，在比利牛斯山脉，领头羊克里斯托夫已胜利在望，可他的车叉突然断裂。当时没有队车在附近，他就自己扛着车下山。顺着一条小路走了14千米，他终于发现了一家铁匠铺。克里斯托夫开始自己动手锻造车叉——按照当时的规则，接受任何局外人的帮助都属违规。他的冠军梦想在那一声又一声的锤打声中飘散。等他制造好车叉时，梦想已经粉碎，可他还是再次上车，骑回到终点。

节　日

环法承载了太多历史与传奇，法国人以此为荣，它也成为浪漫的法国人一年一度放纵自己的节日。

比赛还未开始，那神秘的气息就在空气中发酵，那莫名的冲动也在心底跳跃。这一届环法从Montgeron开始，已经有数十万人涌向了这座小城。人们用欢呼为车手们鼓劲，用鲜花为他们送行。

车手们还在路上，风就已经把他们的信息吹到了下一个城镇。在那里，已经有无数车迷提前数小时翘首以盼。他们或者带着香槟，在阳光下畅饮；或者携着家小，在草地上野餐。他们的话题都指向了环法，指向了那历史与传奇。他们都在焦灼中等待。车队终于来了，虽然是匆匆而过，也够得上让他们兴奋好一阵。在一些比较偏僻的赛段，车迷们还可以与车手近距离接触：或是淋上一瓶凉水给车手减压，或是陪着车手骑上一阵。这样激动人心的体验会陪伴他们整整一年。在环法圣地鲁兹，甚至有车迷几十年如一日地等待自己支持的车手。他们宣称："这一天就像是我的婚礼日子！"

车队每到一地，欢乐就传到一地，一波接一波地传下去。到了7月14日前后，节日的气氛达到顶点：这天是法国的国庆日，环法适逢其时。到了快决出冠军的时刻，巴黎又成为欢乐的海洋。

近年来，每年都有约25万车迷聚集在香榭丽舍大街周围，等待着第一个冲过终点的车手。

100岁的环法节日气氛更加浓厚：环法历史图片展在巴黎市政厅展出；数十种介绍环法的书在法国出版；一部关于环法的卡通片《小城精灵》目前也在法国热映，名列票房排行榜第五。组委会还准备了音乐会、烟花和大规模的自行车巡游。用组委会主席勒布兰科的话来说，这些都是为了确认环法是一项"体育的、社会的、历史的和节日般的"事件。

丑 闻

环法让人爱，同样让人恨：从诞生之初起，它就与丑闻紧紧相连。

1904年，环法曝出惊天丑闻，后世无出其右：29名车手因在比赛中作弊（搭汽车或火车或抄捷径）受到处罚，而参加这一届环法的车手总共才88名。1905年，车手们为了阻挠竞争者前进，在马路上抛下钉子，这一做法延续多年。1947年，罗比给他最大的竞争对手法齐雷特尔10万法郎，要求后者在决赛段帮助自己，最后罗比以全胜的战绩夺冠。1950年，一群醉汉堵在比利牛斯山脉的路段上，威胁夺冠热门人选巴特利，后者退出了比赛，陪伴他的还有整支意大利车队。

1924年，第一宗服食禁药案浮出水面。从这以后，禁药就一直陪伴着环法。1960年，人们在夺冠热门人选利维耶尔的运动衫里找到了药盒，还发现他的手提箱里有很多止痛剂。利维耶尔后来承认在比赛期间他每天大约要服食40片安非他明。1962年，20名车手在比利牛斯山脉病倒。外界猜测他们服食了错误的药剂，他们自己却声称是由吃了变质的鱼造成。1967年，辛姆森在冯杜山山巅猝死，尸检报告证实他的胃中有大量的酒精和安非他明。1968年，组委会提出“健康环法”的号召，药检正式引入了比赛，2名车手的检查结果呈阳性。

上世纪下半叶的环法则堪称“闹剧环法”。1978年，医生在检查比利时车手Pollentier时惊讶地发现，后者的身上居然有一个从腋窝到阴茎的导管系统，导管里包含着清洁的尿液。1997年，在Marennes，比利时车手史第尔斯因向一名法国车手掷瓶子而打道回府；在第戎，荷兰车手沃斯坎普与德国车手海普勒互相追打，他们俩都被剥夺了参赛资格。1998年，Festina车队的男按摩师沃特在里尔被捕，他当时正在运送禁药。警方随即对该队进行了突击检查，8名车手承认服用了禁药。Festina车队被剥夺比赛资格，结果引起了大规模的车手罢赛。

1999年，饱受丑闻困扰的环法出现复苏迹象。沃特就在这年出版了自传，卖了30多万册；还有两名车手没有通过血液浓度测试。这些为世纪末的环法蒙上了阴影。2002年，立陶宛车手鲁姆萨斯在巴黎获得第三名。同一天，他的妻子伊蒂塔在夏慕尼被海关工作人员逮捕——她身上居然携带了37种不同的药品，包括可的松、生长激素等。伊蒂塔为此被判入狱7个月。此前，她一直驾车陪伴着鲁姆萨斯参赛。当人们把怀疑的目光投向鲁姆萨斯时，后者声称这些药是为他生病的母亲买的。直到今天，他也没为此受到任何重罚。

F1:在速度和金钱的边缘

陈汉泽

走下飞机,在京沪两地机场,迎面而来的都是安亭新镇的黑红色灯箱广告,这在上海前期出奇低调的“一城九镇”改建计划中,应被算做唯一的特例。面对安亭新镇的宣传力度,人们甚至会产生错觉,仿佛要把安亭建设成为具有德国特色的中国城镇的计划,要和周遭松江英国城、浦江意大利城的改建项目独立分割开来。

其实人们会有这样的印象也不出奇,因为安亭新镇的改建计划正随着上海国际赛车场的建设力度而逐渐变得不平凡起来。而这一点正是其他8个古镇的改建计划所缺乏的“经济内燃引擎”。按照官方的说法,上海国际赛车场需要的总投入是26亿人民币,加上附属各类商业设施,整个建设计划将涵盖50亿人民币。

“不流血”合作计划

2003年7月29日,乔丹车队的老板埃迪·乔丹(Eddie Jordan)飞来中国,在上海同上赛及CCTV签署协议结成战略合作伙伴。按照上赛副总郁知非所透露的讯息，三方合作已经基本超越了F1广告投入的两种方式——金钱或引擎，更多是建立在资源互补的层面上。

这已经是上海人在F1主办过程中第二或第三次采取“不流血”方式巧妙地建立合作关系。在之前不久,马来西亚的雪邦赛道和春秋旅行社已成为上海F1赛车场的战略伙伴，他们将分别拉扯或者推动各地的旅游者前来上海观看比赛。

在较早之前,3月的F1巴西站比赛中,乔丹车队的费斯切拉经国际汽联(FIA)改判后获得了分赛站冠军。这是乔丹车队自1999年取得重大辉煌之后,老板乔丹第二次如此喜出望外,赛后他接受了CCTV的15分钟独家专访。

同样是在这场巴西分站的赛道上，全世界车迷惊奇地发现，乔丹车队的车身广告上开始出现了CCTV和上赛的标志图案。

CCTV将从今年开始全程跟踪F1各站赛事,并由此进行F1赛事的“中国预热”。由于乔丹车队惯常就不是一个浑身背满广告的富户,所以这两个标志在特写镜头下就被彰显得格外突出。

乔丹车队作为一个培养出过塞纳、大小舒马赫的私人车队，它所取得的成绩和所面对的资金缺乏同样明显。中国方面经过了威廉姆斯、米纳尔迪等大小F1车队的甄选之后,最终确定和乔丹车队结成战略合作关系,其中寓意无疑非常显著。

作为从来没有趟入过F1这条河流的中国人来说,这些F1的组织者们迫切需要赛车技术和承办经验，但是他们又不愿在看到收入之前过多地投入金钱。或许只有乔丹这样的车队,才适合代为训练车手，即便无法立即获得巨额广告，他们可以放眼未来在中国发展的战略合作关系。

拿钞票点燃汽油

2003年7月底，上赛嘉通轮胎FRD车队宣告成立，这是中国第一支以F1为发展方向的方程式赛车队。嘉通轮胎和上赛、FRD之间签署了3年合作协议，协议中规定第一年的资金投入是2500万人民币。这个数字在中国或许意味着巨大投入，但对于F1车队1000万美元的入门门槛而言，只能算是婴儿学步。

赛车，尤其是F1赛车，是个拿钞票来点燃汽油的行业。2002年威廉姆斯车队的市场部提供了1亿美元的创收经费，以保证车队参加全年17站比赛的正常运转。而在每一个F1的周末，威廉姆斯车队的每辆赛车都需要更换13个引擎，而每个引擎的价值是25万美元。

不过，在另一方面，F1所蕴含的巨大黄金矿藏也的确让人心动。每年FIA主席埃克莱斯通赚入10亿美元，而马来西亚雪邦赛道光靠几天时间迎接各方游客外加门票收入就能赚入2亿美元。

2003年8月2日，记者在北京顺义的金港汽车公园，巧遇嘉通轮胎广告总监陈斌，他也是来观看全国汽车场地锦标赛北京站康巴斯方程式赛不记名试车的。在马达调试的轰鸣声里，陈斌讲述了一番赛车赞助商的投资思路。

作为中国最早也是最为重要的汽车比赛投资商之一，4年前，嘉通轮胎开始从房车赛、拉力赛起步，并且逐渐投入到了目前的方程式比赛中。从早期赞助珠海赛事的爱立信算起，嘉通轮胎不能被算做第一个中国汽车赛事赞助商，但是他们坚持住了。

陈斌认为，迄今为止，嘉通轮胎并没有任何财务数据表明公司已经通过赛事赞助获得明显的额外进账，公司增值的只是名望、口碑和逐年进步的销售业绩。也就是说，前4年的汽车赛事赞助包括今后的F1上赛车队费用，嘉通都是在做一次尝试，他们并不是清楚看到了次年F1的实际推进速度和上赛车队的未来发展。但从另一方面看，嘉通目前所做的一切又何尝不是其他轮胎制造商的梦想。

陈斌透露说，按照目前的3年合同，除了第一年投入金额2500万之外，其余两年的投入数字尚未确认。

也许中国人会立刻就接受这项作为世界三大赛事之一的F1惊险赛车；又也许中国观众还是更喜欢坐在家里看甲A，而不是跑去安亭的赛场边承受噪音；也许所有赛车观众都会自带干粮、睡袋看比赛，让上海的旅游公司们集体狂哭。也许也许，在马达转动之前，没有人知道结果。

嘉通很清楚，到了真正“马达一响，黄金万两”的时刻，赛车行业和赞助商中会突然涌现出无数匹黑马，大家会像对待前几年的春节晚会一样粗暴地将黄金扔向F1比赛。作为先行的赞助商，嘉通轮胎只能寄望自己的名声累积到了那时已经无可替代。更何况，他们深深地明白，只有中国汽车业的盘子真正做大，轮胎生意才能大规模发展。从这个角度讲，谁来投钱给F1都不是坏事。

车手——个人收入资质审核

虽然一提起中国F1赛车,不少人会骄傲地告诉你,程从夫已经签入了世界排名前3位的麦克拉伦车队。但在另一方面,如今一只手就能数完中国所有职业车手也是不争的事实。在世界范围内,F1虽然拥有大小各类车队十数,而且全世界总共约有100张F1车手牌,但是其中真正能够驾驶跑车奔驰在F1赛场上的,也不会超过20人。

目前,在中国方程式最初级别的康巴斯车手群里,我们随处可见银行家、金融机构董事、演艺明星等等边缘人物的身影。这些车手由于基本同是出自珠海FRD赛车学校,他们之间的成绩相差不会超过1秒,所以银行家和明星们就经常能够登上中国各类赛事分站赛的冠军领奖台,叫圈外人大呼“阴谋论”。

目前的比赛结果意味着,想在中国当赛车手,首先是个人收入资质审核,其次才是车手实力。中国车手自费接受训练、自费报名比赛,然后利用周末时间自费飞行于国内各赛车场之间参加比赛……这种投入状态,显然不是普通人所能负荷的。

被称为“少年车神”的詹家图也出现在康巴斯比赛当中,他就是中国5个手指便能数完的职业车手中的一个。目前的詹家图急需经费支持去欧洲比赛,无奈的是赞助商对这位18岁少年并没有另眼相看。2001年詹家图在澳门格林匹治大赛中获得亚军,从此被人当成其父亲——车神“盲亨”的法定血统继承人。由于成绩出色,詹家图等人由FRD赛车公司出资送往法国学习赛车,并在当地参加比赛。在当时当地，其成绩毫不逊色于2002年改写了英国F3赛车纪录的日本车手佐藤琢磨，但是如今的詹家图仍在亚洲蹉跎，而佐藤却已加盟英美车队。

按照詹家图的计算，一年去欧洲参赛大约需要38万港币，这并非天文数字，当年的程从夫、李英健等人都是获得赞助商支持才可旅欧。现在，这个18岁少年简直想大喊一声："谁来帮帮我？"

新生活风向标

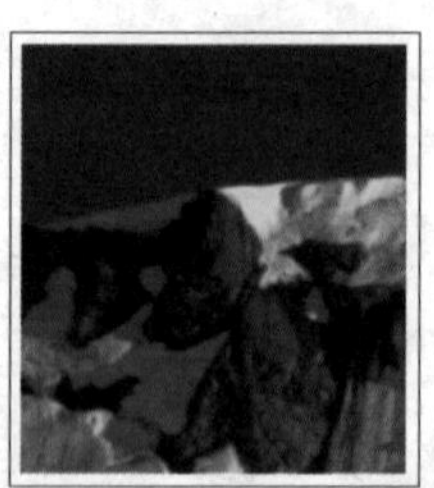

山在那里，富翁也在那里

谢　九

2002年10月，为了给搜狐的“手机时尚之旅”造势，张朝阳和王石在海拔5355米的四川四姑娘山大峰顶峰相会。2002年元月，在中国登山协会组织下，以王石为首的企业家登山队远征非洲的乞力马扎罗山，万通的冯仑也参加了这次非洲之旅。乞力马扎罗有非洲屋脊之称，海拔5895米。

海明威曾以此山为背景，写出了著名的意识流小说——《乞力马扎罗的雪》。2001年7月，王石作为摩托罗拉A6288的代言人，登上海拔7546米的昆仑第一高峰慕士塔格峰。

企业家和登山运动以一种各取所需的方式结合起来。

国内成功的企业家大多经历过那个物质匮乏的时代，当财富以惊人的速度积累起来，前所未有的富足和工作压力时刻拷打着他们的神经，如何生活成了一个比如何挣钱还要难的问题。在马斯洛的需求金字塔上，这些“暴富”的富翁们不知所措。他们中的大多数人选择了以高尔夫为代表的优雅运动，既可舒解压力又颇切身份，少部分人选择了极端体验的方式，一种是畸形体验，比如开一辆崭新的宝马呼啸着撞向大树，只为将自己送进医院，另一种是极限运动，主要表现为登山。万科的王石当是个中翘楚，而近年屡屡以时尚形象示人的张朝阳则是后起之"秀"，先后在四川四姑娘山和珠峰亮相。

这种极端体验在一开始还有些个人英雄式的味道在里面，但这种味道就像珠峰的氧气一样越来越稀薄，到现在，商业活动的气氛慢慢浓重起来。

以"纪念登顶珠峰50周年"活动为例，就是一次由中国移动、搜狐公司、摩托罗拉公司共同导演的登山秀，张朝阳每天拿着他那部MOTO彩信手机，在珠峰上不同的高度向山下发送搜狐彩信。以登山出名的王石也曾承认，他的登山行为给万科省下了不少广告宣传费。

登山其实并不需要赋予多少英雄式的含义，意大利登山家麦什拉尔说："登山只是我每天做的事情，如果我登上山顶，并不会挥舞意大利的国旗，而是像一位爬上自家屋顶晒玉米的农妇那样，轻轻地挥舞她的手绢。"

作为普及程度不高但花费可观的运动，登山本身也需要更多有钱人的参与。至少有以下几方面的人士是对这些富翁们持欢迎态度的，比如当地政府，登山队需向当地政府交纳一笔不菲的注册费。以尼泊尔为例，从尼泊尔一侧攀登珠峰，在尼泊尔组团，每人需交1万美元注册费、登山费用3万到6万美元（按参加者要求登达的高度）。登山带来的收益曾一度是这个国家最大的外汇收入，现在也是其外汇收入的一大支柱。登山协会对这些富翁们也是欢迎的。去年带领中国企业家登山队远征乞力马扎罗之后，中国登协尝到了甜头，在2002年8月份又组织了一次乞力马扎罗之行，只要能交得起5万元的报名费，身体素质不错，普通人都可以在登协的带领下登上乞力马扎罗。海明威的小说成了一部绝佳的广告。

事实上，国外的登山运动也是慢慢从浪漫主义向商业化过渡的。“为什么要登山？”“因为山在那里！”这句著名的回答来自上世纪20年代的马诺里——当时世界上最富盛名的登山家。1924年马诺里攀登珠峰，即使在海拔很高的帐篷里，他还在和同伴高声诵读《哈姆雷特》和《李尔王》。那一次他和同伴欧文的生命留在了珠峰。

不久前有人在峰顶发现了两具尸体，人们怀疑他才是登顶珠峰的第一人。1953年，新西兰人埃德蒙德·希拉里首次登上珠峰，站在了地球的最高点上，当时正值伊丽莎白女王加冕，在大英帝国的辉煌日趋褪色之际，这两件不期而遇的事情让帝国的子民们感慨万千，充满了对往昔强盛帝国的回忆和对未来岁月的憧憬……在一片怀旧和激动的情绪中，希拉里被女王封为爵士。

当浪漫主义慢慢消退，登山的商业化气息日渐浓重起来。以向导攀登世界七大高峰为营利目的的公司如雨后春笋。人类第一个登上世界七大高峰的人——迪克·巴斯，一位德克萨斯的阔佬，就是在技术高超的向导带领下完成这一壮举的。很多人以巴斯为榜样，也有人对此不以为然，认为世界最高峰被出卖给了有钱的暴发户——他们中的一些人如果没有向导的帮助，恐怕连登上美国的雷尼尔山（海拔4392米）都很困难。埃德蒙德·希拉里也曾怒斥登山的商业化过程，在他看来收取费用以护送那些新手登上峰顶,是对山峰的不敬。他说:“有很多年我一直担心灾难会发生,而灾难终于发生了。这是不可避免的,当你引导一支支付了大笔费用的队伍登山时势必会增添额外的压力。”1996年,一群登山者向珠峰进发，当时他们已经超过了下午2点的回程时间，但这些人不顾下面的人发出的天气警报,继续向上攀登。结果一场暴风雪夺走了8个人的生命。在电影《垂直极限》里也有类似的场景,亿万富翁范·艾伦策划了一次商业登山——站在K2峰顶向自己航空公司的首航班机挥手致意。为了赶在预定日期登顶K2,范·艾伦不顾天气变化执意上山,最终导致悲剧发生。

国内的商业化登山显然还在起步阶段，也许今后会渐成趋势。对于富翁们的登山秀,无需景仰,更无需指责。因为山在那里,富翁们在那里。

第二辑

我行我素

食物

我吃素，喝冰水

素食主义的时尚逻辑

衣饰

设计打造品牌　品牌

打造生活

美钻之石头记

沐浴

四脚朝天　与天同浴

一个民族的洗涤仪式

居住

枫丹白露或巴比松

广州豪宅风情

我吃素，喝冰水

林　双

“我喜欢简单的生活。我吃素，喝冰水。”

“简单、素食、冰水”，看上去就让人冷飕飕的三个字眼，按照时尚杂志的表达方式，这是如今最IN的耍酷方式。

“你吃素吗？”如果有人很认真地问你，你千万不要把关心当挑衅，茹素的风潮西风东渐，宗教中克己惜生的普世情怀，配合着环保、健康、绿色食品的理想主义诉求，再混杂着老祖宗养生之道和现代医学的大胆假设、小心求证，真真地有那么一大批善男信女开始骄傲地对你说“我是吃素的”。

枣子树——早吃素

上海繁华的淮海路附近，有一家并不那么惹人注目的餐厅，如果说门面上有什么特别的话，就是种植了8棵枣树——餐厅名曰“枣子树”。

"'枣子树'就是'早吃素'的意思。"台商宋先生这么对《21世纪环球报道》记者说。2001年1月8日,宋先生的儿子在上海开了这家素食餐厅。"想通过素食推广健康饮食和环保的理念。"餐厅经理吴小姐这样说。

"枣子树"的淮海店占地300多平方米,落地的玻璃窗通透明亮,没有上漆的砖墙保持着粗糙的本色,全部使用木质和藤编的家具,餐具则是没有花纹的素瓷,在墙上还悬挂着新加坡净空法师的题字"早吃素"。顾客可以通过开放式的厨房直接观察厨师的操作。餐厅立了"六个坚持"的规矩,"坚持无烟、无酒、无蛋、无肉;坚持烹制过程不加味精;坚持烹制过程使用纯净水;坚持采用有机茶(Organictea);坚持蔬菜色拉的原料皆为有机蔬菜;坚持先上水果。"诸多规矩让餐厅倒是更像布道所。"我们理想中的餐厅应该不只是一家餐厅而已,而是可以与顾客像朋友一样,沟通素食者生活形态的地方。同时借此宣扬爱护动物的理念;推动环保以实践地球永续发展;鼓励绿色食品的消费,间接培育有机农业。"在"枣子树"的主页上,有经营者这样一段独白。

吃素成为一种主张,而且与宗教无关。据《时代》周刊统计,美国超过1000万人认为自己是素食主义者。而在台湾,素食主义者也占10%左右,并且所占比例还在继续攀升。在内地,从素食馆的数量不断增加,可以看出主张素食的人正在增多。以前我们只能在寺院附近看到素食店,而现在,几乎每个城市的主要商圈都出现素食店。事实上"枣子树"餐厅经营相当不错,营业8个月之后便在古北开了另一家分店。

“味道好极了”

吃荤的理由是相似的，吃素的理由各有各的不同。

宋先生说：“以前我是一个荤食主义者，非常排斥素食。我太太得了肺癌，别人告诉我：你太太营养不够，要多吃点肉。就是因为多吃肉而恶化了她身体的状况。”太太离开后，宋先生不仅全家吃素，而且还积极推广素食文化。

上海的武先生从事媒体工作，食素已经一年有余，“2001年的时候我突然得了一场急病，医生建议‘不要吃动物内脏和海鲜’。自此更是潜心食素，身体也好了很多”。

自由作家阿琪10年前迁居北京，“我的朋友中有很多人食素，他们也会积极倡导食素的理念，朋友曾举了一个例子让我印象深刻，一袋蔬菜水果和一袋鸡鸭鱼肉哪个更容易腐烂，哪个会释放更多的毒素？我想想也挺有道理，慢慢开始吃素”。现在阿琪以吃素为主，偶尔也会吃些鸡鸭鱼肉。采访的时候，她正在煲粥，“一些豌豆，一个鸡蛋，少许粉丝，白菜叶切丝，再放上香菇，不用味精和鸡精，一定要掌握火候”。单单是听着阿琪声情并茂的描述，你就会觉得味道好极了。

广州的李小姐虽然不是素食主义者，不过同意某些素食者的主张，如果是自己在家，她会选择吃素，除了方便快捷之外，更多是从食品健康和安全的角度考虑：“肉食比素食更容易感染各种病菌或者腐败”，况且，“素食也很好吃啊！我在上海念大学，那时候经常到静安寺旁边吃素什锦面。还会约上几个朋友到苏州的西园吃素食。味道很好。”

身体好，脾气好

事实上，吃素被食素者认为是一种“更为健康”的生活选择，很多人也从这种更为健康的选择中获得了实质的好处。

吴小姐从1999年开始信仰佛教，自觉食素，2001年底又辞去证券业工作加入“枣子树”餐厅，除了因工作获得的成就感外，“身体也好了很多，以前我油脂分泌很旺盛，脸上经常会起痘，现在完全没有，便秘的情况也不见了。甚至脾气性情都改了很多”，而且食素的朋友也都“脾气温和，很容易相处”。

而阿琪则说她现在很少感冒，身体很清爽。“就是偶感风寒，身体不舒服喝杯热茶，好好睡一觉就好了。”吃素“让身体负担减轻了好多”。宋先生则把食素上升到抗癌的高度：“根据近代西方医学研究，素食者的血是微碱性，而非素食者的血是酸性的。酸性血会带来很多病症。如糖尿病、高血压、脑中风、心脏病、痛风、过敏症等。癌细胞最喜欢的是酸性血，如果是微碱性的血，癌细胞几乎无法生存。”就自己的切身体验：“我的牙周病在我开始吃素后不再复发，以前我每隔三个月就得看一次牙医。现在两年多的时间过去了，我还没看过牙医。”

自觉选择了健康的人群很自然对生活质量有更高的要求，“我食素的朋友一般都很环保，很少使用塑料袋，不穿戴动物毛皮等”。阿琪本人也在言谈中表现出对生活细节上的完美要求：“我早上一般喝一杯牛奶或者豆浆，吃点饼干、糕点、一颗巧克力、几颗含有各种维生素和微量元素的药丸，补充一天的各种营养素。如果哪天工作比较忙碌，我还会吃些蛋白粉维持体力。”

很多人担心食素者会营养不良，阿琪建议：“一定要每天喝一升的牛奶，这样基本上各种营养素都补齐了。”

时尚或者信仰

如果说像宋先生和吴小姐这样纯粹食素者在人群中是另类和少数的话，阿琪和李小姐的生活方式更能为大众接受。李小姐说：“我家人一直有良好健康的生活习惯，比如多吃水果蔬菜，只喝牛奶、纯果汁和水，各种饮料和加工过的火腿等食品中有各种添加剂，我们都不会食用。”“我有个朋友每周都会抽出一天专门食素，只吃生果、蔬菜和牛奶、果汁。这样能促进身体的循环，让忙碌的胃肠也休修养一下。”

枣子树则为习惯荤食的顾客提供仿荤的饮食，大豆蛋白和面食做出鸡鸭鱼肉的味道，用吴小姐的话说是给“吃荤的人一个台阶下”，让他们循序渐进地接受素食。同时还提供素食外卖以及袋装的养生茶，供素食爱好者选购。在餐厅的筷子包装上，他们引用了弘一法师的一段话：“在他/世间竟然没有不好的东西/一切都好/白菜好、萝卜好/咸苦的蔬菜好/什么都有味/什么都了不得。”

素食可能是一种生活主张，或者是简单的饮食习惯，也可能是时尚人士偶尔为之的“情调”行为，当然还有人把素食作为主义和传播的信仰。无论是时尚还是信仰，尝试一下总无妨，别忘了,最IN的耍酷方式中有一条是——

“我喜欢简单的生活。我吃素,喝冰水。”

附录:

素食主义的分类

按照吃素的种类,素食主义者通常可以分成四种类型:

1.纯素食　不吃所有动物和与动物有关之食物。

2.奶　素　除牛奶外所有动物性食物均不食用。

3.蛋奶素　在动物性食物中只吃蛋和牛奶,其他动物性食物一概不吃。

4.果　素　除摄取水果、核桃、橄榄油外,其他食物均不吃。

倡导素食的组织和相应的网站:

http://www.ivu.org　国际素食协会官方网站

http://www.chinaveggie.com　中国素食者之家

http://www.vegansociety.com　完全素食学会

素食主义的时尚逻辑

史幼波

新世纪之初，当美国名模翠茜·贝汉姆身穿由生菜叶子做成的比基尼泳衣，在柏林一家素食店前玉肢初展时，作为一种时尚，素食主义运动中的这种“素食秀”已经在西方世界风行多时了。

富贵乞儿的绿色主张

其实，西方的素食主义传统从古希腊至今都从未断绝过，一直受到欧洲贵族，尤其是思想、文化界精英们的青睐。素食者被认为具有某种“贵族气质”，这使他们能在精神道德层面上居高临下。在古代精英人物中，从苏格拉底、柏拉图、毕达哥拉斯，到文艺复兴时期的达芬奇、但丁、莎士比亚，再到近、现代众多名人如雪莱、萧伯纳、伏尔泰、卢梭、托尔斯泰、爱因斯坦，都选择素食并极力劝导他人如此生活。而最惹眼的当代西方素食者，首推红颜薄命的戴安娜王妃和查尔斯王子。在公众和媒体的狂热追逐下,他们从不掩饰其“高贵的素食者”身份。

现今的西方素食主义,往往都与绿色和平及动物保护等主题相呼应,当然也有相当的人群是出于健康考虑,又或作为某种时尚主张。

切尔西·克林顿,这位同样充满公众聚焦元素的女人,就在莱温斯基把这个素食总统之家搅得鸡犬不宁、尴尬万分的时光里,她却在另一片舞台上大出风头,被德国《素食健康》杂志捧为明星人物,并赐予她一个响亮的绰号:富贵乞儿。

切尔西的素食观念来自她的富贵家庭,这并不令人意外。现时的美国已有超过1400万素食者,更有37%以上的年轻人认可素食的理念,他们将逐渐成为美国未来素食者的主力军,这样的数字,或许应该归因于那些大力实践并倡导素食主义的一众名人。

比如切尔西,就不断参与以素食、环保、动物保护等为主题的基金募捐活动。在之前的一项公益活动的广告中,她迷人而又极富煽动性地说:“美国人每年因为心脏疾病、癌症、高血压、糖尿病、肥胖症,以及许多其他疾病,花费已超过1200亿美元。一种健康而且合乎人道的素食饮食方式,却可以挽救这些美国人的生命,并节省美国人的金钱……”

在美国,像切尔西这样的“富贵乞儿”并不少见,他们功成名就、煊赫一时,从歌星麦当娜到体育明星刘易斯,越来越多的名人为素食主义摇旗呐喊。他们希望用一种新潮而又积极的价值观以延长其内在的迷人要素,而素食恰恰就是这些星级人物的理想选择。一者是素食可以抗衰养颜、保持形体,二者素食又是一种有着古老贵族渊源的、仁者和智者的生活方式。

金字塔素食食谱

对于大多数人来说，认为素食缺少营养或会导致营养不良，是导致人们热衷肉食的主因。但对于素食倡导者们来说，这只是一个伪问题。他们会告诉你，世界上任何一种素食类动物都健康地生活着，没有人会否认陆地上最强壮的动物是吃植物长大的，更没人会傻乎乎地因为兔子只吃草就担心它会贫血。然后他们得出的结论便是，吃荤与吃素的症结不是营养是否全面的问题，而是人体究竟更喜欢接受哪种食物的问题。

一战时期，由于英国的封锁，丹麦出现了全国性的食物短缺，丹麦政府指派全国素食学会会长担负粮食配给工作，人们只能以谷物、蔬菜等食物为食。然而奇怪的是，第一年全国人口死亡率就降低了17%。当时人们并没有对这一数据的背后原因做认真的研究和推敲。战后，经济得以恢复，饱受"肉欲"折磨的丹麦人立即放开盛满童话的大肚皮，恢复了大块吃肉的旧习。再次统计的结果顺理成章——人口死亡率与心脏病的比例又回升到了战前的数字。

美国国立健康学院研究过5万名素食者，发现他们的平均寿命比肉食者长，而且得癌症的比例要低得多。耶鲁大学的爱文·费舍博士做过一个耐力测验，令人惊讶的数据表明，素食者的精力几乎是肉食者的两倍。布鲁塞尔大学的吉伯尼与艾欧特克博士则做了更为细致的耐力分解实验，他们的研究结果也证明，素食者在精疲力竭之前比肉食者在同样情况下所能承受负荷的时间多出了2至3倍;而每次耐力实验之后,素食者从疲劳中恢复过来的时间,竟比肉食者快了近5倍。

这些研究结果或许有助于解释,为什么不少创造了世界纪录的运动员,竟是传统观念中"营养不可能得到平衡"的素食者。比如在英国,素食者自行车俱乐部保持了40%的全英自行车比赛纪录;又如曾在奥运会独得三枚金牌的选手,有两位都是长年素食者,其一是出身澳洲的伟大游泳选手穆瑞·罗斯,而另一位则更引人瞩目,他就是当年的"百米王",被公认为20世纪最伟大的运动员之一的卡尔·刘易斯。

正因为有了这样的研究结论支持,1998年底,美国"发现号"太空船发射升空前,美太空总署宣称,过去给太空人吃的"食用生物能量餐"将被废除,取而代之的是专门为21世纪太空旅行所研制设计的"素食太空餐"。这份肯定是世界上最"高"的菜谱是康奈尔大学农业和生物工程学家简·亨特主持、由太空总署赞助的三年研究计划的一部分。这份以"好吃、营养全面、简单省事"为宗旨的太空菜单,主要材料出人意料的普通,它们是马铃薯、小麦、米、黄豆、地瓜、花生、豆子、莴苣、番茄、胡萝卜和小萝卜。

早在1997年11月举行的国际素食食谱会议上,康奈尔大学的营养学教授克林堡就公布了一个"金字塔式的素食食谱"。这个营养均衡的素食食谱,可以帮助人们减低染上许多疾病,如癌症、心脏病、肥胖症、骨质疏松和一些慢性退化病症的机会。这项研究成果显示,人身体的第一需要是每一餐都吃的多种基础食物(即金字塔的底层),包括水果、蔬菜、壳类食物(燕麦、小

新生活风向标

麦、粗麦包、大麦、面条、面粉制品及玉米);其次的需要是金字塔中间的一层,这也是每天都该吃的,包括果实、种子、奶类制品、大豆乳酪、牛奶和植物油等;至于置身于营养金字塔顶部的,则是一些"并非必需"的食物,只可间或小量享用,如鸡蛋和甜品之类。除了吃掉这座营养金字塔所列食物之外,研究者们也强调了金字塔"外围地区"的重要性,比如每天适量的运动、喝大量的水等等。至于葡萄酒、啤酒和其他含酒精的饮品,如果这些饮品对健康没有风险的话(要看你是否会喝酒上瘾),也可以作适度的饮用。

克林堡教授指出,光靠吃低脂肪食物,并不能完全防止癌症及心肌疾病,除非加上健康的心态和运气。当然,这比吃肉的人已经好很多啦,有证据显示,以动物为基础食物的人,他们患癌症及心肌疾病的机会相对要多得多。因此,"金字塔式的素食食谱"对素食者和想参加素食队伍的人,无疑有很大帮助。

"动物道德"和"拯救饥饿"

可以说,素食主义是当今飙升最快的一种饮食风尚。在英国,素食食品的年销售总额达110亿英镑;15~35岁的公民当中,有12%是素食者,甚至街头上不少游手好闲的嬉皮士们也以素食为荣。据2000年的一项调查,素食人口在各国的比例:法国为1.1%、德国为1.45%、荷兰为4.9%。而传统一向以爱吃美味小牛肉著称的意大利人,素食人口比例也达到了3.4%。

据有关分析,欧洲素食主义者日益增多有各种原因。有人害怕激素，有人怕疯牛病，有人怕胆固醇，还有人本来就喜欢素食。而在另一方面，人们又提出了“动物道德”的概念。这些素食者们认为，肉食动物的饲养条件太差，动物受到了极端的虐待。他们在为动物鸣不平的同时，提倡过一种朴素自然的“不吃肉的生活”。

而从最新的营养学成果看来，肉食可以说是人类食物中最不经济又最低效的一类。通过精确的计算，一磅肉类蛋白质是同等重量的植物蛋白质价格的20倍。而由于肉类蛋白质不易被人体吸收，所以我们吃下去的肉，其中只有10%蛋白质的卡路里被吸收，其余的90%则都被排泄出去了。从经济效用的角度而言，种植植物比生产肉类相对要经济实惠得多。比如，1亩田用以养牛吃肉，只能生产1磅蛋白质；若同样面积的土地用于种植黄豆，则可以产出17磅的高质量植物蛋白质。换言之，吃肉质蛋白要比吃植物蛋白需要多出16倍以上的土地。而且，饲养动物所用的水量是种植蔬菜谷类所用水量的8倍。

因此，许多令各国首脑们感到棘手的全球性问题，如人口、饥饿、环境、能源等等，从某个角度看，并非是地球上的资源不足以养活如此多的人口，而是地球实在满足不了人们无底洞似的贪欲，更喂不饱饕餮肥腴者们那穷奢极欲的胃。

哈佛著名的营养学家珍·梅耶认为，只要人们把肉类生产减少10%，节省的谷类就可以供6000万人食用。如果全人类减少一半肉食，则可以解救全球的饥饿人口。而且，儿童教育及人类健康、医疗条件也会大为改善。许多西方科学家也认为，未来食物的需求必须依靠植物蛋白才能解决。目前，来自中国传统工艺的豆腐等豆制品备受西方重视。更有趣的是,营养卫生和饮食行业的专家们正掀起一股研究和进食大豆制品的热潮,尽管在此之前,大豆在美国人眼里一向是不为人所食用的,他们大量种植只是为了从中收获鲜牛奶、牛尾汤,以及美味的小牛排。

设计打造品牌 品牌打造生活

黄　洁

50年前，设计的意思是巧夺天工、天衣无缝；50年后，设计可能就是你牛仔裤上一条猝不及防的裂口，露着些带有挑逗意味的苍白皮肤。别说是卢浮宫前的剔透闪光的现代金字塔，当街广告牌里“偶然邂逅”的一丝幽默、博古架上流动着远古色泽的青铜器，抑或是旗袍上那朵含而不露的团花，就连飞扬起的乱发、脱丝的长统袜都是经过设计的。

美妙设计的终极魅力便是对一个品牌的忠诚。当我们对一台苹果iPod播放器爱不释手时，难道不是因为它圆润可爱的外形设计吗？消费者们觉得所有高品质的电子音乐都出产于苹果公司。新款“甲壳虫”，为大众公司打开了新的局面，因为大众汽车意识到，自己的品牌形象总与人们脑海里一个魅影紧密相随、挥之不去，那就是传奇般的“甲壳虫”汽车。事实上，设计已经深入商品精髓，成为我们在消费时难以抵御的巨大力量，即便是一包纸巾，也会用眼花缭乱的包装设计来争夺眼球。

如今,设计正以一种前所未有的张力充斥在社会的每一个角落,它的影响力甚至会令设计者目瞪口呆。当重建世贸大厦的初步设计方案揭晓的时候,民众反应就出乎想像的热烈。原来,普通市民对于应该建造什么、如何建造有着深刻的想法和极高的期待啊!可是这些期待从何而来呢?从宜家的回廊到宝马的仪表板,从白领丽人脚上的皮靴到商界人士耳边的手机,设计的身影无所不在,它正以极快的速度突破生产管理程序,辐射到日常生活、社会文化甚至人的思想与情感中来。

Levi's的复古牛仔

在20世纪90年代,日本的牛仔爱好者们在全世界掀起一场“古典运动”。那些使用天然靛青、已经褪色的二手“复古牛仔”(Vintage Jean)将年轻人牢牢吸引在跳蚤市场里,如同陈年葡萄酒和古典乐器一般价格昂贵。在西雅图,一条生产于1890年的Levi's牛仔裤售价高达25000美元。如何将人们从精疲力竭的搜寻过程中解脱出来,又满足他们对牛仔裤自身的沧桑经历所表现的狂热呢?Levi's设计师从一名叫特洛伊·皮尔斯的自由职业者身上获得了灵感。

一年前,皮尔斯购买了一条全新的Levi's牛仔裤,此后几乎就没再脱下来。每天,他骑着摩托车四处游逛。他穿着它在地铁吃午餐、在电台做DJ……紧张工作亦或无所事事。总共有两次,他在冷水里用手洗这条裤子。“它十分肥大。”皮尔斯说,“但我就喜欢这种彻底自然的感觉。”

一年的生活给这条Levi's牛仔裤留下了显著的“复古”痕迹：裤脚的缝边已经因为踩摩托车油门而破烂，后兜也被钱包的拉锁戳穿了，裤管上布满了墨水印记和油污。夏天，一位Levi's设计师在街上偶遇皮尔斯，对他所穿的牛仔裤反映出的邋遢生活大感兴趣——那些缝在前兜下被磨得起“猫须”的个性口袋更是激发了设计师的灵感。这个灵感就是：复制一条皮尔斯的牛仔裤，用与皮尔斯相同的方式去折腾它，翻版出复古的感觉。

几周后，皮尔斯的牛仔裤便成为Levi's设计师塞兹的工作摹本。经过两天的剪裁、水洗、涂脂、漂白、手工磨砂和气味处理，一条旧乍乍、皱巴巴的新款Levi's便诞生了。设计师同时将这款新品归于“新复古主义”的类别。它既不同于商店里上浆的、靛蓝的“新品”，也不是那些出产于20世纪80年代前的“复古”牛仔。它是一种出自名师之手、试图以人工手段反映丰富经历的设计方式，希望人们能从牛仔服饰的外形上看出特定的生活内容。塞兹说：“真正的褴褛痕迹来自于干重活的人们，金矿和农场上的那种。可是现代人出入于空调办公间，枯坐在电脑前，如果他们不想被人洞察这种单调生活，就会穿上我们的新复古牛仔。”

由设计师奉行的复古风范还在服装行业的其他领域蔓延。阿迪达斯的新产品中又出现了在20世纪80年代盛极一时的蓝绿相间色，曾在1990年停产的Pony运动鞋也再次影响着人们的着装。在欧洲的青少年中，GucciT恤和Pony高帮鞋几乎成为一种制服。

诺基亚的豪华手机

在比佛利的Vertu设计中心，诺基亚公司的首席设计师傅朗克·诺弗说:“有时候,连我也会把它们当成普通电话,但它们显然不是。”在诺弗身边的工作台上,三部手工制作新品手机被放置在透明的玻璃盒子中。它们的机身镀有铂类金属、黄金或白金,售价19600美元,具有高保真系统般的清晰音质,是诺基亚新出品的Vertu系列豪华手机。

从外形上看,它更像个电视遥控器或者电子剃须刀。它的镀金层由世界最具威望的白金和黄金制造商提供，显示屏使用蓝宝石水晶材料,并且配有一个意大利皮革护套。诺弗认为,这款手机是优雅设计与顶级手工的结合品，也是诺基亚Vertu计划的一个开始。诺基亚希望它们能进入奢侈品市场。“既然贵妇们可以坐着名车、戴着名表、穿着昂贵的时装外出,她们为什么要携带便宜的塑料手机呢？”

作为诺基亚8850和电影《少数派报告》中未来手机的设计者,诺弗已经成为业界的关注焦点，与他息息相关的则是诺基亚手机的设计理念。在过去的10年中,诺弗的作品为诺基亚赢得了科技与设计两个层面的双重声誉。虚荣的年轻人和清醒的商人一样对诺基亚的炫目色彩和设计着迷。从2001年开始,诺基亚便坐稳了全球手机销量的冠军宝座,占了世界市场的三成份额。其经典设计诺基亚8210更是创造了世界和中国的销售神话。

诺弗认为,设计的精髓在于人性化,让技术按照人们自然的生活方式去工作。而他的创作灵感常常源自普通的生活场景，或者不断接触到的建筑、历史、艺术等文化现象。有一次，在台湾闲逛时，他看中了一款钛质手表，并立刻意识到钛金属将成为引领潮流的手机设计材料。不久，中国市场上便出现了在世界上首次使用钛金属外壳的诺基亚8910款手机。

Jimmy Choo的小山羊皮靴

由于是HBO连续剧《性与城市》里的女主角凯丽钟爱的品牌，吉米·周（Jimmy Choo）鞋店一时家喻户晓。代表经典设计——细高根小山羊皮靴受到都市白领女性的高度追捧，它象征着某种生活方式与态度。如凯丽所说，如果没有这些设计华贵的附属物，女人们“简直如同裸体无异”。

马来西亚籍的设计师吉米·周也由此成为继杨紫琼后最红的马来裔名人。他的店面如同一个昂贵的婚礼蛋糕，里面每一双成品的售价都在400美元以上。但是所有的时尚人士都会说，它们物有所值。吉米·周的设计作品最大优点在于“体贴入微”，对产品结构的关注丝毫不逊于其外形。评论家们说，吉米是如此恰到好处，足以使布兰尼克先生（吉米最大的竞争对手）从自己设计的最高的鞋子上摔下来。

怨不得人们对于品牌的热衷甚至追捧，设计师们想人之所想，急人之所急，你想到的，他们想到了，你没有想到的，他们也想到了。很多时候我们可能会困惑：到底是设计顺应了人性还是设计规定了人性？

美钻之石头记

陈汉泽

Diamond——钻石一词源于希腊语Adamas，意为坚强无比。
在地球上，钻石要比恐龙更加历史悠久。
它的形成过程充斥重压、烈火、暴力和妙到纤毫的时机，
只有当一切条件恰到好处，
碳元素才会最终发散出璀璨夺目的光辉。

纤毫间的造化

让我们假设，在地球远古的33亿年前，某次火山爆发，将深埋在地下120~200千米的碳元素随着岩浆爆发而喷出地面，这些碳元素在经历了几亿年的重压和地心烤灼后，经由恰到好处的速度接触空气，并且很快又被埋藏在地面下，于是，一粒小小的钻石形成了。与此同时，它的绝大多数同伴都被人类制成了铅笔。

每年，全世界大约生产出1.25亿克拉（carat，1克拉相当于1/5

克)钻石用于宝石、类宝石和工业用途，其中有80%(以克拉数计算)的钻石原石是在印度完成切割抛光的。一个钻石矿从发现、挖掘、建设、维持和运营，需要大规模的资金投入。而且，开采还只是钻石产业的第一步。为了找到钻石，钻石矿石需要被打碎并且经过多道工序处理，直至在X光检验环绕的条件下被工人们分拣。

就像宗教神话里的圣人总要施行三个奇迹才能证明自身，在钻石从形成到开采到切割完成的整个过程中，钻石至少也需要经历三重奇迹，除了形成的环节归功于自然造物主之外，第二、三重都要倚赖于人类手工的挖掘和切割。

每当面对钻石的光芒，人类的目光总会为此迷恋，与其说我们是对这些体积微小但价格昂贵的石头着迷，还不如说，这一刻的人类是面对伟大的自然界和人类自身的创造力心悦诚服。

淘钻者之路

第一颗被人类发现的钻石叫Alluvial，它是公元前2500年在印度被发现的。根据有关史料，18世纪之前，印度一直是世界唯一的钻石产地，世界上最早的钻石矿要追溯到亚历山大大帝在印度发现的Golconda矿场。

在有史以来的记录中，1905年发现的Gullinan(古里南)钻石是世界最大的钻石原石。它产于非洲Premier矿场，重达3106克拉，换算为英制约为1.3磅重，看上去比棒球还大。Gullinan原石被当时的殖民政府购买后，作为寿礼送给了英皇爱德华7世。1907年11月，Gullinan被秘密运至伦敦，此刻，谁来完成史上最大钻石的切割工作就成为全球关注的焦点。虽然号称无坚不摧,但钻石其实和其他晶体一样，具有天然的生长纹理和肉眼无法判断的瑕疵,如果切割工人判断错误,第一刀劈下之后,原石就有可能会变成一摊粉末。

经过再三权衡,Gullinan钻石被运送到了比利时的安特卫普(Antwererp)，这个16世纪以降的世界钻石加工和交易中心（目前，全球钻石原石交易的90%仍然是在安特卫普完成的,cutin Antwererp成为了鉴定钻石上等品级的标志之一)。Gullinan原石在这里被分割成为9大96小的105颗钻石,其中2颗超过550克拉的大钻被分别命名为大小“非洲之星”,镶嵌在了英国皇室的王冠之上。

目前,全世界7个主要钻石生产国为:博茨瓦纳、俄罗斯、南非、安哥拉、纳米比亚、澳大利亚和扎伊尔,这些国家占据全球钻石产量的80%。

南非因钻石而闻名,源自1866年的一次意外发现。当时,一位幸运的牧童无意中在地上拾到一颗翠黄色的透明石块，后经确认,这颗翠黄色巨型钻石原石足有21克拉重,它就是南非第一颗著名的钻石。牧羊童为纪念这段有趣的经历,索性将钻石命名为Eureka——“找到啦”。数年之后,83克拉的“南非之星”(Star of South Africa)又被另一位幸运者无意拾获。

由于矿产丰富,淘钻者趋之若鹜,南非一个名叫“大洞”(Big-hole)的钻石矿逐渐成为全球冒险家的乐园。无数淘钻者昼夜赶往此地。人们后来将“大洞”以当时英国殖民大臣金伯利勋爵的名字命名,这就是世界目前主要钻石矿Kimberly的由来。

在疯狂的挖掘中，一个牛津毕业生超越了时代眼光，他逐渐整合了Kimberly开采权，并将之整合成为一个现代公司加以运作。这就是后来赫赫有名的戴比尔斯（DeBeers）缔造Kimberly矿场乃至世界整个钻石业的开端。

DeBeers钻石矿业公司成立于1888年，公司名称来自Kimberly当地两个专门出租采矿机的兄弟。此后的100多年间，DeBeers逐渐获得了全球19个钻石矿场的开采权，并且拆分成DTC（Diamond Trading Company，钻石贸易公司）和DeBeers两家公司，分别负责钻石的裸石贸易和品牌经营，在公众面前则多数以后者名义出现。

长期以来，DTC公司作为DeBeers的销售、市场分支，占据全球钻石交易金额的60%左右。而所有钻石根据不同形状、质量、颜色和大小，被分拣归属为16000个细类。在全球范围，DTC大约为120位豪客提供专有服务，这些买家大多是来自纽约、安特卫普、约翰内斯堡以及穆拜的钻石商和加工者。每年，DeBeers会邀请买家去伦敦10次看货。临行前，这些买家对本次看货中将提供哪些货品以及本次钻石的质量一无所知。曾经有一段时间，买家由于反感 DeBeers 的这种做法，“看货”一度停止。

鉴于这种状况，欧盟和DeBeers协商后出台一些措施，以增进买家权益，其中包括设立行政监察官专职处理钻石贸易纠纷。DeBeers如果想要取消合同，必须提前6个月通知。另一方面，自2003年起，DeBeers公司在DTC公司之外，将开辟新的钻石分销渠道以控制钻石的销售，预计这条新的分销渠道每年将处理价值40亿美元以上的钻石原石。

2001年,DeBeers作为品牌被LVMH公司收购，新公司被命名为DeBeers LV,实际运作与DeBeers SA和DTC公司独立。

钻石的游戏规则

2003年2月19日，比利时安特卫普钻石中心发生了史上最大的一宗钻石失窃案,共有123个保险柜内的钻石被洗劫一空,损失估计高达数百亿美金。其实早在10年之前该中心就曾遭劫掠,当时只有10个保险箱被劫,而损失就已达数百万美元。

自1477年，奥地利国王Maximillan为其未婚妻勃艮地公主送上钻石戒指作为订婚信物开始,钻石就被人类视为“恒久之爱”的化身。但是,在美好的愿望之外,钻石也是世界上最昂贵也最容易和厄运紧密联系的物品之一。除了“希望”蓝钻和一系列钻石厄运传奇之外,钻石还是世界上最易携带的货物,也因此,它总和血腥、厄运、欲望混于一炉,互相纠缠。

从官方数字上看,DTC公司掌控了世界裸石交易的2/3,但是钻石走私和血腥暴力依然从未休停，而大部分的走私钻石来自北非动荡地区,这部分钻石被称作“血腥钻石”。

2001年，美国政府开始彻查拉登恐怖网络，人们此时发现，“基地”组织曾在“9·11”前多次从塞拉利昂等国的反政府武装分子手中低价购买了价值超过2000万美元的钻石原石,并且用通过非法倒卖获取的高额利润支持恐怖事业,这些事实使得“血腥钻石”的血腥味更加浓烈。

出于钻石业的自律保障,2000年5月在比利时举行的世界钻石大会上，由世界钻石加工联合会、世界钻石市场联盟、钻石业巨头戴比尔斯公司、联合国、有关政府及非政府组织代表等共同发起《金伯利进程国际证书制度》。该制度的建立目的就在于追踪钻石原石从开采到销售的整个过程，从而遏制每年交易额高达80亿美元的“血腥钻石”原石交易。

按照规定，自2003年1月1日起《金伯利进程国际证书制度》开始实施，目前加入金伯利进程的共有39个国家和地区，中国也是成员国之一。

也就是说，从2003年开始，任何购买钻戒、项链的普通消费者都应该注意，自己购买的钻石是否拥有金伯利国际证书。

然而另一方面，从现实操作的角度看，《金伯利进程国际证书制度》对于有效遏制钻石走私仍然存在天然的缺陷。此进程旨在控制非洲原石走私，而对裸钻交易和其他地区的钻石交易未加限制，这必然会导致非法走私者在加工技术和走私密度上的相应对策。

除此之外，在《金伯利进程国际证书制度》之前，DeBeers公司一度是“血腥钻石”的主要收购者，DeBeers属下钻石矿产资源约占全世界的50%，与此同时，该公司每年斥巨资从俄罗斯、澳大利亚等主要钻石生产国大量购买钻石，并将它们存储入库。

截至2002年，DeBeers设在英国伦敦的销售总部已库存了价值近45亿美元的钻石。它会通过垄断钻石原石的合法、走私渠道供应市场，以此控制钻石输出量，从而抬高钻石价格。

《金伯利进程国际证书制度》实施之后，在近一段时期内，非洲钻石主要产地的供应量将会有所减少，而这无疑会对DeBeers

倾销库存有利。

其实,从现行市场条件来看,无论钻石交易是限量或者限价,其结果都将对DeBeers公司有利。《金伯利进程国际证书制度》及其产生的后果都不足为奇,因为对于任何垄断市场,事情的发展趋势总是如此。

四脚朝天　与天同浴

陈德生

一股股的暖流好像在往身体的每一个毛孔里钻，爽得人就只记得双眼紧闭，四脚朝天，仿佛真的是丰收时节在一个熟悉的无杂污的大澡池里与天同浴。

冬季来临，不愿“死（洗）”在自家浴缸的广州人就会想起附近清远的清新，或中山的仙沐园，或恩平的金山，觉得那些泉水涌涌的“坑”里总给人一种非一般的暖流，如在某个乌灯黑火的夜里，带上自己心爱的人或是小猫小狗同浴的话，那真是美妙绝伦了！金牌老导游说，泡温泉，可以清热解毒，舒筋活络，强身壮体。

而天体浴，我们的解释是，在郊外的田野上，四肢叉开，眼睛望天，裸浴。

想像天体浴

实际上，我们整个旅行计划中没有把“天体浴”列入正式行程。都是我们连山的“驴友”领队陆上帅惹的祸。上帅是连山人，他的老家也在连山的上帅。上帅是一个我们在地图上怎么也找不到的地方。我们到达的第一天，他不停地给我们讲着有关上帅的旅游资源的事。

上帅兴趣一来，提到了离上帅不远，但在广西境内的“天然大澡池”。他还说他曾带过一香港商人去摸过路，想开辟一个“乡村大澡堂”，让更多“有病的人”都来这里医治，没病的人也来这里寻欢。但那家伙一直没见答复。在上帅描述下，我们对大澡池的印象是：一个《神雕侠侣》中的“绝情谷”般的地方，一块开阔地，一个神秘湖，湖水清澈见底，四周青山环绕，碧空万里无云，然后上千人同池共浴，男的来了，女的去，老的洗完，小的闹，不是仙境，而胜似仙境。上帅的本意只在“炫耀炫耀”，还对我们说，即使去了，也是只能站在远处静悄悄地看，无论眼睛发光也好，口水猛流也好，都不能出声，不能拍照，是“神圣不可侵犯”。

有这么玄？我们集体决定：明知山有虎，偏向虎山行。

追寻天体浴

车子沿着两广的界河公路一抖一抖地行着。因为就要面对的是“天体”，是“裸”，所以同伴们先是提心吊胆，后是如狼似虎地讲着平时羞于出口的黄段子一路不可思议地乐着。我睡着了。据说我错过了沿途的许多美景。但我暗中说，你们错过了更多的美景。记忆没有衰退的话，我知道自已已事先梦游了一次“神秘湖”。

一觉醒来，人已在广西境内，车也开了一个多小时。过了广西贺州南乡镇后，我们转上了一条乡间的石头道，又颠簸了半个多时辰，到了回龙村。这时已是傍晚5时，本来我们的打算是在天黑之前赶到上帅绘声绘色描述的可容纳1000多人同浴的大“澡池”，但估计一下时间，到得那里都还得半个小时，而路况是越来越差了，有时我们还得集体下车，车轮才可灵活滚过一些简单的沟沟坑坑。还是省点时间饱饱“天体浴”的眼福吧。“这里的回龙村就有一个小的泉眼，”上帅说，“泉眼虽小，但那地方是回龙村人世世代代男女同池共浴的场所，从下午两三点到晚上八九点或更晚都有人在。”急于过瘾，我们一致赞同就地解决，其他可以以此类推。上帅说他小时候还会经常花5个小时跋山涉水赶来这里，没别的，就只为能洗上一回“回龙澡”。

车子停放一边。回龙村前是一条有着许多砾石的小溪，远处的村后面是一连片的山。果然好山好水，难道澡池就在那一片山林中？走过架在小溪上的窄木桥，人就大可以揪着心头，理理头发，收好相机，谁也不知道这里的“回龙人”见到我们这些强行入侵者会作何感想。谁也不想空眼而归。上帅说，那得拉上他的亲戚，带路。我们便趁机看了看周围的风景。土坯房子，竹篱，鸭群，牛粪……

正宗乡村风味，只不过房子的墙根多了几个沟沟坑坑和积水，鸡和鸭就以竹篱圈养在小溪边或墙根周围。看来，这里连鸡、鸭都少不了天体浴的福分，更何况人。

循着一条小沟往村后走去，尽是一片乡间秋收后的金黄。经过差不多1000米左右的田埂，便可见不远处田野中间出现一南北走向，长10米左右、宽4至5米的水泥围墙，旁边一对中年夫妇正忙于收割晚熟的水稻，抢先几步的几个同伴忍不住又掏出相机拍将起来，虽说是老掉牙的“田园景致”，这时绝不会出现谁因为抵制拍“农民”照片而吝惜胶卷的现象。周围几个着红红黄黄装的小孩在嬉戏着。上帅说，浴场到了。

靠近一看，这水沟边的“圈地”中间有一稍高的墙相隔。往南边的一半里面探头观看，一个7平方米左右的水池里尽是“走了光”的老老少少。我赶快又把头缩了回来。我们的全程导游、壮族姑娘阿芳阿平警告我们，千万别把眼睛往隔墙偷看。也就在这时，大家才发现她俩手里早就备好了“泡一泡”所必备的物件。话外之意何在？

享受天体浴

上帅拉来的是一位辈分较大的老亲戚。我停止言语，跟着老伯和上帅急不可耐地走进这“魂牵梦绕”多时的“澡堂”。

上帅头一个下水重温起他儿时的“天体浴”了。他一直扮演资深老“导”向我们鼓吹这里的温泉泡一泡可清热解毒、延年益寿。对于老导，我总是尊敬加崇拜，因他们每每“身体力行”而后言。这回，我又百分之百地信了。我赶紧里三层外三层地脱，跟着“露”了。池里的水并不如什么“清新温泉”样清澈，捋一把细看，隐隐约约还可见类似蚊子蛹虫的杂物，本就不大的池中的老少各霸一方静悄悄地抹擦起来。据说，村民的习惯是冲凉时不讲话。我挑了一水较清的地方急急把双脚伸了下去。“老娘！”我被烫得缩了回来，而想不到还能引来一阵哄笑。上帅才告诉我，那是泉眼，是池中最热的地方，最高温度可达80来摄氏度，煮蛋烫鸡足足有余。而当时室外温度是16摄氏度。

我还是找了个温度适中的位置把整个身躯泡了下去。这时，一股股的暖流好像在往身体的每一个毛孔里钻，爽得人就只记得双眼紧闭，四脚朝天，仿佛真的是丰收时节在一个熟悉的无杂污的大澡池里与天同浴着。

听老伯说，那水泥墙也是前一年才围了起来。墙外水沟边几个很小很小的还没有围，真正用来煮蛋烫鸡，山的另一边的那个也没有围，确实可容纳1000来人。

我们在天黑之前离开了回龙村，给我们"送行"的是十几个刚刚同浴的提着毛巾的小孩。车子浴着月光在两广的界河公路上欢快地驶着。车中人因达到了目的而心情更加舒畅，段子越来越黄。而我，好像真的"清热解毒"了，闭着眼睛继续美着。车子是从广西回广东，或是从广东往广西，根本就无所谓了，只要不要开到越南。

附录:

天体浴经

"湿　身"：

既然到得池外，就不怕入到池内；既然入到池内，就不怕下到水中；既然下得了水，就不怕脱个精光；既然脱了，就好好享受吧。人生苦短，何不及时"洗乐"！原则是，没有强迫性，完全出于自愿,如仍然觉得心里压力很大,大可以学学阿Q前辈。凡事都有第一次,第一次与天同浴喔,既来之则安之嘛!没有湿身的人,机会错失,会终身遗憾的。

偷　窥:

不想下水,就不要到处乱窥。这是警世恒言,切记!怕是看见了不该看见的东西。怕是违反了必须遵守的族规村俗。就是说,你不该要的东西,千万别要。而这个时候是,该要的东西,你也不能要!就在池外看风景吧。那样,你还可以违背一下自己,拍拍特"田园"、特"农民"的照片,小资的思想不能老是伴随你。换一种姿态,放开一点,你就只有偷着乐了。

勇　气:

蚊子蛹虫和各种汗臭是你能在池中坚持多久的最大的敌人。这时,你还会想到水牛刚喝完水后的那圈井水。你是永远也找不出的为什么会借用老伯用了十几年的毛巾抹干受惊的身子的理由的。也许这就是没有理由的理由,没有了杂念,没有了嗅觉,或是瞎了眼睛,那,你就是百病全无的人了,哈哈。

失　望:

到不了千人同浴的"圣地",不灰心?肯定灰心。那回家看《大话西游宝典》。"圣地"就在山那边。失望往往也就是愿望。如果有机会再与天同浴,就会抱着小孩一块徒步而去,去"洗礼"。

路　线:

A.广州—连山—贺州,从连山往贺州的路是两省界河边上的公路,贺州到南乡再到回龙村是"抖"得可以的石头道;B.广州—封开—梧州—贺州,从梧州北上,于广西境内走大马路直到。

一个民族的洗涤仪式

拥有2200多个温泉区的日本，算得上是个名副其实的温泉王国。日本人对温泉之热衷，在众多的旅游杂志上可见一斑：白雪皑皑的温泉、红叶飘飘的温泉、初春新绿的温泉、群山环绕的温泉、海浪拍打的温泉、溪流潺潺的温泉。总之温泉无处不在，无时不在，而泡温泉的理由更是数不胜数。

大自然往往是公平的，作为一个多火山的岛国，温泉是火山带给日本人最好的礼物。温泉旅游也成了日本最大众化的旅游方式。不论是公司员工休假、一家老少出行，还是情侣度周末，人们常常喜欢投宿在有温泉的日式旅馆。

就算是其他功能的旅游场所如高尔夫球场、滑雪胜地等等，也大多建有温泉，不管玩什么，都可以去顺道泡一泡。

温泉之所以那么令人喜爱，除了可以轻松解乏，更重要的是其中含有多种矿物质，具有各种治病的药效。各地的温泉因为地质不同，具有不同的治疗功能，看一眼温泉的功能分类，简直是包治百病。从皮肤病、神经痛到风湿、肩周炎，乃至高血压、糖尿病、贫血、肠胃病，真是没有温泉泡不好的病！除了沐浴法，还有饮用法，反正连喝带洗的，从头医到脚。

说起来，这和日本人历来的传统有关。在医学并不发达的古时候，一到农闲期，农民们就会带着大米、豆酱、酱油和被褥涌向附近的温泉。他们每天悠闲地泡着，一住就是一周甚至一个月，为的是休养身体。而温泉的各种疗效，大概也是这样被慢慢发掘出来的吧。至于这种背着行囊泡温泉的方式，现在就演变成了带简单食宿的泉疗旅馆。

诸位看官如若有机会前往日本出差，无论行程多么繁忙，都应该挤出一点珍贵的时间去泡一下温泉。不必担心所去之处找不到温泉，前面已经说了，日本处处有温泉，就是大都市东京，周围也有30多个温泉区。要说日本整个国家犹如一个热气腾腾的澡堂子也不为过，就等着你宽衣解带往下跳了。

然而在往下跳之前，还是有许多需要了解的知识。虽然中国人也有泡澡堂子的传统，但是两者之间仍有很大的文化差别和不同的风俗习惯。也许有的人最关心“男女共浴”的场面，令性格保守之人颇为尴尬。其实在日本，并不是每一个温泉都是男女共浴的，大多数都有“男汤”、“女汤”之分。

而允许共浴的温泉基本都在户外，这或许也是你值得“冒险”之处，因为户外的露天浴场可以让你一边泡，一边欣赏美丽的风景，呼吸新鲜的空气。

所幸的是，现在很多户外温泉都分男女部，解了许多游客的后顾之忧。

如果你以为泡个澡就算是享受温泉的话，那可是大错特错了。事实上，从踏上通往温泉路途的那一刻起，整个过程犹如一桩洗涤身心的圣事。这么说也许有点言过其实，但温泉对于操劳紧张的城市人来说，的确是抛开一切的绝好借口。

这种仪式般的背离方式，和动辄十几天的长假有所不同。温泉旅馆的享受，往往一个晚上就可搞定——下午3点check-in，次日10点check-out。就是在这一泊二食一宿的20个小时里面，有着一系列有条不紊的安排，虽然不是非要执行不可的规定，但是大多数人都会自觉地遵守，好像真的是在履行某种神圣的仪式。

进入客房后，跪坐在榻榻米上等待由女招待奉上的抹茶或煎茶，享用茶点；然后换上日式浴袍前往大浴场泡温泉；回房稍歇息后前往餐厅用餐，食物通常都是利用温泉蒸汽烹饪的海鲜蔬菜等，健康美味；回房入睡；晨起，泡一回“晨汤”，顿觉神清气爽；早餐后准备起程离去……

日本人似乎历来偏好琐碎庞杂的繁文缛节，他们认为在此背后，所追求的是彻底而真实的身心舒放。茶道如此，泡温泉也如此。日本人相信，在肢体与行动非常细致地被全盘制约成一套既定的准则后，心灵便有所依、有所寻，从而安定宁静。正如茶道所追求的终极境界：和、清、敬、寂。

为了极致地追求这种境界，近几年日本非常流行所谓的“秘汤”。那就是在大雪纷飞的深冬，刻意往深山老林里扎，找一家离群索居的偏远旅馆，泡一次瑞雪半埋中的温泉，体会冷与热的极端对比，纯白与苍黑的山水画面，让感官更加灵敏地享受每一种细微的变化，让心境更加沉静而悠远……

和日本茶道美学有着近似神髓的温泉文化，是一道身心的洗涤仪式。拖着一副皮囊在凡尘俗世中奔波辛劳的你，有理由停下脚步，浸一回心灵的“清汤”。

温泉浴的9个关键词

汤

意指温泉。“男汤”指男生部，“女汤”指女生部。“秘汤”指新近开发、人烟稀少的温泉区。“砂汤”是含有砂子的温泉，“泥汤”是含有泥土的温泉，当然还有各种各样名目繁多的“汤”，总之你要分清楚这个“汤”是喝的还是泡的。

泡

温泉是用来浸泡身体，而不是搓澡的！所以应该在进入温泉之前，洗净身体，光脚进入温泉池，不携带任何毛巾等物。在浴池中可做一些缓慢的手足、腰部运动，还可以在池中慢慢行走，不过不要妨碍他人泡浴。

洗

在公共淋浴间，应坐在小椅子上用小盆接水冲洗，不要站着冲，以免水溅在别人身上。入池前先依次把身体由下往上用水盆盛温泉水泼一遍，最后从头上浇一下。这样使身体适应了水温后再进入温泉，可有效防止头晕。

喝

不是所有的温泉都可以喝。应在有饮用许可的温泉，饮用由泉眼处涌出的新鲜温泉水。饮用量为1~2茶杯。盐化物泉、碳酸氢盐泉适合饭前饮用；含铁泉、放射能泉适合饭后饮用。饮用含铁泉后不可立即喝茶或咖啡。

风吕

也就是浴场。但凡看到这两个字,就是温泉浴场到了。通常可见的字样如“露天风吕”等等。

地狱

来自日本佛教语言Jigoku，大概是因为古时候人们无法控制咕咕上冒的温泉而取意于此。“地狱巡游”就是温泉游;“地狱大餐”就是利用温泉蒸汽烹饪的饭菜;所以看到所有以“地狱”形容的东西都不必害怕,那只是和温泉有关而已。

房费

温泉旅馆的房费根据季节变化有所不同,1000元人民币是比较平均的价格。这个价格已包括了一泊二食一宿,并且享受免费的温泉泡浴。所以,旅馆的温泉池是否合心意就成了衡量价格的重要因素。

和式房

温泉旅馆的房间大多为和式房,也就是说一间房最多可住上四五个人。这是好友结伴而行的最佳选择。

Check-in&Check-out

旅馆时间和我们一般的旅馆时间有所不同,大多从下午两三点check-in算起,到次日10点或11点check-out。登记时需看清楚,以免误时而支付不必要的费用。

北海道地区

层云峡温泉

特色：于1854年被发现，是大雪山系最古老的温泉。层云峡为日本最大峡谷，为世界罕见的石灰岩绝壁，宛如直指天际的柱子，长达24千米。百余米高的银河瀑布和流星瀑布在冬季结冰形成壮观的冰缎，令人叹为观止。峡谷中部的温泉街，各式温泉设施林立，既可享受温泉浴的舒畅，又可欣赏峡谷美景。

泉质与功能：单纯泉和硫磺泉。主治风湿、肩膀僵硬、神经痛、关节炎、贫血、糖尿病等。

交通：层云峡温泉位于北海道上川君上川町。由札幌搭乘特急至上川站需137分钟，再从上川站乘坐道北巴士至层云峡温泉站需30分钟。

增值景点：大雪山国立公园、黑岳等。

住宿：层云阁Grand饭店。老字号饭店，尤以可欣赏自然美景的露天温泉为豪。房间为带卫浴的和式房，最多可住5人。价格随季节不同，均包含一泊二食，以及泡温泉。电话：0166-22-9235

登别温泉

特色：海拔200米，被原始森林所环绕。不仅拥有古代林牧风光，而且拥有多达11种的不同泉水。登别温泉区旅游业发达，不论你喜欢哪类风格的旅馆，都可以在这里找到，吸引不少泡汤玩家。

泉质与功能：有盐化物泉、含铁泉、硫磺泉、硫酸泉等11种。主治神经痛、皮肤病、运动神经和肌肉失调、糖尿病、风湿和慢性消化系统疾病等。

交通：登别温泉坐落于北海道南岸的山谷中，札幌南方的登别市登别温泉町。从室兰本线登别站搭巴士到登别温泉站下车，路程约15分钟。

增值景点：熊牧场、地狱谷、伊达时代村。住宿：第一泷本馆。1857年就开业的老字号饭店。以29个不同浴池以及一座面对著名景点地狱谷的浴池为名，更有广达5000平方米、男女共浴的超级大浴场。电话：01438-4-2111

美食：淡水小毛蟹（keganikoramushi）、熊牧场的四方岭山顶有爱奴人传统的锅烧料理。

东京地区

贞千代温泉

特色：屋型船，太鼓糯米饼，有江户时代的气氛。

泉质和功能：盐化物泉。主治风湿、运动机能障碍。

交通：位于都台东区浅草，营团地铁浅草站徒步10分钟。

松乃温泉

特色：位于多摩河畔的枫树林中，闲静舒适，四季美景不断。

泉质和功能：硫磺泉。主治皮肤病、风湿、神经痛等。

交通：新干线川井站徒步5分钟。

箱根、热海地区

箱根汤本温泉

特点：箱根汤本温泉是箱根温泉族群中最大、历史最悠久的温泉地。箱根地区本身也是著名的观光胜地。温泉区商店林立、熙熙攘攘，十分繁华，是东京人周末最喜爱的去处之一。

泉质和功能：单纯泉、盐化物泉。主治神经痛、风湿、妇科病、皮肤病等。

交通：由东京搭东海道本线或新干线子弹列车，或由横滨搭东海道本线到小田原站下车，转搭往箱根的巴士或箱根登山铁道，10~15分钟在汤本站下车。

增值景点：富士箱根伊豆国家公园、苇湖、玉帘瀑布、早云寺、阿弥陀寺、正眼寺。

住宿：箱根汤本饭店。附有露天浴场，距离汤本车站仅徒步5分钟。可享受本地海鲜大餐和小田原名产梅酒。

热海温泉

特点：自奈良时代即被开发的热海是日本有名的温泉区，和九州的别府并称为日本人气最旺的两大温泉区。传说热海的温泉于公元749年由一群渔民发现，当时他们正在捕鱼，温泉却突然从海底涌出，惊恐的渔民请来道行高深的高人将温泉移至陆地，带来热海地区的无限生机。热海是个深受文人喜爱的地方，有“东方里维埃拉”之称，这里艺伎众多。

泉质和功能：盐化物泉。主治风湿、创伤、皮肤病等。

交通：热海温泉位于静冈县伊豆半岛东北岸的热海市，距东京100千米远。

从东京搭乘新干线子弹列车前往，1小时内可到达。然后转乘东海自动巴士10分钟后在温泉站下车。

增值景点：热海后乐园、来宫神社和双柿社、MOA博物馆、Skyline高速公路。

住宿：大月饭店和风馆。饭店以正宗的怀石料理自豪，值得一试。客房布置颇为独特，以传统的建筑、复古的基调为主。

京都、大阪地区

汤之花温泉

特点：京都汤之花温泉深藏在山中，传说从前武士曾在这里疗伤，这里的“汤”具有奇效。走一趟汤之花，可将京都文化与山水美景尽览眼底。春天樱花环抱下的露天温泉尤为宜人。

泉质和功能：单纯弱放射能。主治慢性消化疾病、疲劳、神经痛、风湿、高血压等。

交通：搭乘新干线嵯峨野线龟冈站下车搭乘巴士约15分钟可达。

增值景点：岚山著名的樱花，嵯峨野如梦如幻的竹林。

住宿：汤之花温泉，电话：0460-3-5111；松园庄保津川亭，电话：0771-22-0903。

美食：用海带汁煮的白豆腐和清淡可口的京都酱菜。

有马温泉

特点：日本最古老的温泉，历史悠久，附近有很多名胜古迹。日本女文学家清少纳言在《枕草子》中吟诵道：“泉以七栗泉、有马泉、玉造泉为胜。”

泉质和功能：含铁强盐泉、纯弱食盐泉、单纯放射能泉。主治神经痛、风湿、肠胃病、皮肤病等等。

交通：大阪站搭东海道本线到达三之宫站，转搭巴士到有马温泉。

增值景点：太阁汤殿馆（丰臣秀吉的汤殿）。

住宿：有马ViewHotel。美味的怀石料理和家庭式的温馨接待，为其魅力所在。

美食:有马的怀石料理。

九州地区

别府温泉

特色:别府地区是全世界除了美国黄石公园外,温泉产量最高的地方,也是日本温泉文化的发源地。“别府八汤”最为有名,而血红、蓝、绿、褐等色泽各异的地狱景观也令人啧啧称奇。一进入别府,即可感受到烟雾缭绕、热气沸腾的场景,小城纯朴自然,保留传统日本民居的生活方式。

泉质和功能:碳酸氢盐泉、盐化物泉、单纯泉。主治神经痛、风湿等各种疾病。

交通:从长崎乘汽车两小时可达别府市,或者从大分市坐车前往,半小时不到即达。

增值景点:“地狱巡游”、别府湾夜景。距离不远的汤布院温泉也是著名的温泉区,驱车前往一个小时即达。

住宿:Japanese Hotel SAKAEYA,位于别府著名的铁轮温泉区域中一条不起眼的小巷,却是个也许提前一年都订不到房间的著名日式旅馆!旅馆只有五六间房间,最有名的就是他们的“地狱宴”。旅馆员工多为老妈妈,只会说日语,要想订到房就要凭运气。电话:0977-66-6234

美食:以砂锅烹煮的海鲜蔬菜,称为“地狱大餐”;还有著名的河豚料理。

枫丹白露或巴比松

吴 梅

酷，冷，钢筋水泥苍茫的原野，一条小河，那是府河故道空间，环境，田园歌咏者最奢侈的消费。

我们已经离不开城市

“看到‘大唐电信’，右拐。”何多对后面的司机甩下这句话，便开着他那辆三菱上路了。车里有一个不错的音响，一个高亢的男声悲壮莫名地唱着歌剧，配乐很铿锵。何多一边开车一边以手打着拍子，间或吹几声悠扬得让人心颤的口哨。车在川西平原上以进行曲的速度穿行。

此行开往郫县犀浦镇石亭村，画家何多苓(朋友们喜欢省掉最后那个字)即将完工的画室。

从何多在成都玉林小区的住地前往，不过半小时的车程。所以，何多的设计是，白天在那边画画，晚上还是回到城市。“再诅咒再逃避，我们已经离不开城市，城市到底有许多好东西，尤其现在，中国真正的城市生活才刚刚开始。”

离开是为了回来，就像泡酒吧是为了第二天再次人仰马翻狼奔豕突。

每拐一次弯，路便小一号，最后，穿进一条机耕道，画室便看得见了。

萧索，清冷，雨刚过，川西平原已正式进入冬季。房子一律是湿漉漉的青灰色的，错落的两三层。何多的建筑也如是。猛一眼看上去，它甚至和周围的农民房子无甚差别。轮廓渐清后，你才发现，眼下确是一个异数。

严密的几何形体。严格的逻辑关系。美学上的极少主义或者说极简主义。酷，冷。钢筋水泥。一个真正意义上的现代建筑。正如何多苓对设计者刘家昆所要求的。

还是在路上，何多就声明了自己对现代建筑的钟爱，同时把后现代建筑猛烈地嘲笑了一番：“音乐我喜欢古典的，建筑我喜欢现代的，至于后现代，那是什么东西？花花哨哨的，永远不知道怎么回事。”

车驶进小院，泊在一个巨大的停车场——院落做成了停车场，而不是绿树成荫的庭院，和建筑主体有“严密的逻辑关系”，也符合何多把这里建成美术馆的最终目的。

是的，何多想把这里建成美术馆。一开始是单纯地准备作工作室的，随着建筑的展开，他发现这玩艺儿更像是一个公共建筑而不是私人住宅。“你看这个入口。私人建筑入口一般很隐蔽，这个入口则非常张扬、开阔。”另外，虚空间很多，多得简直浪费。正好用来陈列画、雕塑。

进了房子就像进了迷宫

还是在03年冬天,何多就对朋友们发出了诱人的邀请:“油菜花开的时候,带你们去画室狂欢。记着,自带游泳衣呵!”他还大方地允诺给姑娘们每人一把钥匙,主人不在时也可自去悠闲,“只要你们不怕大灰狼”。

现在看来,狂欢要延后一年了。因为当地施工队做工粗糙,不得不返工。有趣的是,2004年10月初在何多苓画室举办的全国设计师会议上,设计师们对此倒是赞赏有加,说这种粗糙本身是可以接受的,不啻为一种独特的美学倾向。

更独特的美学倾向在建筑里。进了房子就像进了迷宫,错层的,每一个出口都可以通向另一个入口,房间好像特别多,过了一间还有一间,然后还有另一间,总也走不完,稀里糊涂地就到了房顶,稀里糊涂又到了室外。小偷进去一定转晕。

定睛看下来,其实只有两层,底层是高及房顶的大厅、厨房、卫生间、何多弟弟的雕塑陈列室、卧室(每间卧室另有小门悄悄通向游泳池),房子正中是天井,天井里有唯一的枇杷树;二层包括一个巨大的画室、一间不规则几何型书房、一些防不胜防地出现的小房间、一个同时穿过天井和大厅的悬空的小廊,以及很多可以眺望的地方。还有屋顶的天台。

从大厅巨大的落地窗望出去,是苍茫的原野,一条小河,何多说,那是府河故道。河水看不出在流动,有些脏,漂满冻得枯红的浮萍。何多喜欢这池塘般的静水，选这个地方，就是因为这条河。没有人气的画室很冷，在窗前看久了，有恍惚的感觉，以为是俄罗斯小说或电影里的某个场景。瞬间似乎发觉何多身上白俄遗贵的气质。

家具还未搬入。只有一两张木桌，何多自己设计的，原木色，非常简单的一个平面、四条直腿。是北欧特色，可以想像一家人坐成一圈吃土豆。这就是极简主义，何多说，避免一切不必要的东西，桌子就是桌子，一个平面四条直腿。只是，做工一定要非常精致。

家具的选择、摆设购置等也都是极简主义的。这是一个工作室，何多希望尽可能简单，一切儿童的生活的温情脉脉的东西都让开。何多有句名言："只要建筑本身有意思，人睡哪儿无关紧要。"

结果，一到，我就选了一个凹进去的墙面，问，这是不是你可以睡觉的地方？

其实何多是讲究的。这一带电富裕，早接线进了屋；水是打的钢管井，井水通过一个很好的设备极现代化的管道进入厨房和卫生间；没有气，何多说烧电环保；安全方面可能会考虑红外装置；光纤电视线、电话线、空调线统统埋好了。大厅有一个壁炉，冬天取暖。所有环节都考虑了环保，光化粪池就两个，厕所化粪池和生活用水化粪池分开。何多坚决地说，以后绝不用洗涤剂，只用有机的肥皂，往河里排水之类的事情绝不干。

最后的田园歌咏者

何多苓也不是一个人。何多苓画室夹在中间。左邻是香港画家王亥,他的地还是一片荒芜,地基都没起。右舍,是画家李小明,他的画室正在修建中。还有何多的弟弟、雕塑家何毓中,画室是他们共同的,一个楼上、一个楼下。俨然又一个"艺术家村"的雏形。

这么多的知名画家,这么多的画家找地儿聚居,在中国除了北京,就是成都了。用何多的话来说,北京太过于纷杂、江湖气,绘画也是偏于暴力的、调侃的、剥皮的,他不喜欢,而成都是一个养人的地方,绘画有自己的传统,同时又有国际化的特点,成都是优雅的、温情的,是不易被外界颠覆的。

虽然在部分地往乡村迁移,但何多和他的朋友们都清楚地知道,中国的田园诗时代已经结束。何多苓是最后的田园歌咏者,即便是他,也已经在敞开怀抱迎接城市之光的到来。在2004年5月何多苓上海个人画展上,在展出20世纪80年代一批绘画的同时,何多苓还推出了他的近作"人体系列":一个形体和一个抽象的背景,高调,亮,都市生活的基本色彩:粉,光与影的消失……典型的城市化以后带来的想法。他说,离开农村多年,乡村生活的印象逐渐淡漠了,笼罩着何多的一种气场也随之消失,再画凉山题材就显得虚假了。

年底之前,最迟春节,何多就可以搬进来。大家希望是在圣诞节前,那样就可以借此地狂欢,开一个人格假面舞会,让荡妇扮演淑女，让坏人扮演好人。

找一个可以一生落脚的地方

与此同时，何多苓的老同学罗中立正在距离他20千米外的院子里忙活，他种下了又一批银杏。从前种下的银杏树已很高大，叶落了满院子，一地金黄，院落因乏人打理，已蓑草深深。罗中立担任四川美院院长后，公务繁忙，已难得回来一趟。但每逢种树的时节，他一定会回来，在他那石头垒成的土堡周围，种满各色植物。

罗中立繁忙的身影背后，是"都江堰艺术家村"著名的2米高的红砖墙。

"都江堰艺术家村"，几乎与何多苓画室在同一条线上，只是更远，在西出成都50千米左右一个叫聚源镇的地方。岷江支流走马河汩汩地从这里流过，河边那红墙围起的直径约1000米的村子里，除了罗中立，还住着十来位在国内外颇有影响的画家：刘威、徐匡、阿鸽、伍明万、尼玛泽仁、达娃、李唤明……

1986年罗中立公派留学回国，在欧洲生活了两年多的他猛然间有些不适应了。还是在国外时，老家达县的朋友就给他写信，诉说家乡的变化，说自己住家的旁边修起了一座火力发电厂，浓烟滚滚，机器轰鸣，公路上车辆在家门前过，他感到了家乡变化的喜悦……罗中立接信非常震惊，这种事发生在欧洲，是可以马上就……至少是不会当作一件喜事而是会当作一个灾难来告诉你的。回来了，没想到环境问题已经变得这么尖锐。这就是朝思暮想日夜思念的家乡吗？自己的一生就要在这样充满了粉尘噪音污染的地方生活吗？

在欧洲时，除了看博物馆，罗中立还拜访了非常多的艺术家和文化界人士，发觉他们很多人在工作生活的选择上都已经远离城市，到乡村，到山里、森林里寻找自己的空间，因为作家、艺术家、搞创作的人在工作上有一定的个人性，可以在一个单独的环境里不依赖于一个团体完成一些东西。这给了罗中立启发。他开始在川东川西大地上寻找自己可以一生落脚的地方。

这天，罗中立怀揣一万多块钱，从重庆坐火车准备到成都买一台摄像机。邻座是几个在川美敲石头的都江堰农民，闲聊起当地的好风好水好山，以及当地政府扩建小城镇优惠租售土地的改革举措。结果罗中立没去买摄像机，下了火车直奔聚源镇，一万多块钱第二天就交给当地政府做定金了。

我们听说，罗中立“疯了”。

“候鸟们”纷纷回到归隐处。

真的是“疯子”。“疯子”后来说服了那些认为他是疯子的人，十来个人入伙了。“疯子”还说服了当地政府，得到了很多优惠：地价、产权优惠，水、电、气一步到位，当地政府派人每天巡逻保证安全……十几年过去了。

罗中立当时是这样说服别人的：国外很多艺术家后来都把自己的工作室变成了当地有名的博物馆、美术馆、人文景观，比如枫丹白露，比如巴比松。正因为这一点，后来都江堰画家村的人们要求自己的建筑是真正的作品，而不仅仅是一栋功能性的住宅。

罗中立画室的思路起源于川东的砖瓦窑。砖瓦窑简洁、粗犷、圆，用石头垒着，雕塑般顺在坡上，很好看。另外，烧砖烧瓦本身有很深的时间、文化上的意义积淀，人从洞穴的居住到今天楼房的居住，是通过了砖瓦窑这个中介来体现的，因此罗中立提出，用它作为建筑的母语。罗中立画室成了刘家昆的处女作和代表作。

也有些房子是艺术家们自己设计的，比如刘威，四川美院雕塑系主任，自己画了张草图，和当地民工商量着就做成了自己的画室。

寒暑两季，是艺术村最热闹的时节，画家们如候鸟纷纷回到归隐处修身养性。罗中立、刘威是部落里典型的候鸟，但因为行政事务的繁忙，近些年来得也少了，画室不免有些荒芜。罗中立的意思，他日“卸甲归田”，他定会日日闲在这里，这是他的梦。也有在这里长期居住长期创作的，比如尼玛泽仁、徐匡、阿鸽、伍明万，他们的屋子，人气自然要旺些。

只要回来，艺术家们是常常串门的，说说荤段子，喝点小酒，也会彼此看看画，但不说什么，也许起身就走了。

用罗中立的话说，不用说什么，大家在一起，就是一种氛围。

有不方便吗？也有，比如购物。“但是，看看走马河的水”，罗中立说：“雪山上化来的水，纤尘不染，绿得让人心疼，天晴的时候，站在房子里可以看得到远处的山，背靠青城的大江大河，川西平原的上风上水，好地方啊，你不觉得这不便也带来补偿吗？这是人类的大趋势，当代人最奢侈的消费不是物质，而是空间，是环境。”

广州豪宅风情

水天色　吕　群　申　由

这是相信梦想的时代。

有人打拼一生就为一套梦想中的好房子，有人打拼一生后开始想要套好房子，有人阅楼无数不停在换更好的房子，有人见多识广总想打造真正的好房子。这就是广州的豪宅市场，争奇斗艳。

上世纪90年代，以广州淘金路和五羊新村、二沙岛为代表，涌现多个豪宅物业，如华侨新村、富城花园、金亚花园、岭南会等，并以此带旺整个地段。然而，在地区繁华后，多个物业却身价大跌，变成了民宅。只有少数别墅经过时间的洗礼，成为极低调却尊贵无比的真正豪宅。

20世纪90年代中，天河区以“未来市中心”概念异军突起，均价8000多元/平方米的豪宅云涌，誓要成为广州中环，以此吸引了大量港人置业投资，如荟雅苑、名雅苑和黄怡苑等。

2000年，“豪宅”在占领地段优势之外，借鉴了国外的别墅概念，走景观路线，开拓山景水景豪宅市场。

真正的豪宅区

白天鹅宾馆与二沙岛别墅的共同之处就是，顶级地位无人能及。

二沙岛是市区内唯一的江心小岛，四周水色旖旎，区内别墅聚居，景观、空气皆属上乘，入住人士品流单一，岛上更有星海音乐厅、新荔枝湾酒家等高尚娱乐、饮食场所，可谓天生丽质，最具龙头至尊豪宅相。而且，二沙岛已无地可圈，应不会再有新豪宅推出。

最近发售的香港新世界棕榈园在二沙岛稀贵的土地资源里操作得十分谨慎。发展商首度邀请驰誉国际的宾士奈(Bill Bensley)先生为总设计师，整体风格洋溢浓郁的东南亚渡假酒店风情，丰富的园林和建筑层次以及精致的雕塑小品等显然超出目前的豪宅水平。明黄的外立面与周围的江景、园内的绿色植物相映得恰到好处，很是抢眼。极为特别的还有会所、钟楼、泳池、私家花园里的喷泉等，无一不吸引着来自世界各地的住户。占地2万多平方米的棕榈园，仅有160多套单元，而且是整体全部完工后才正式对外开放，妆成亮相便一举夺取天后宝座。最低16000元/平方米的棕榈园在发售前已成交8成，多为朋友间的口碑相传与介绍。

但是，近年有248路等公共汽车穿岛而过，二沙岛也开放为公共交通区域，成为连接广州大桥与海印桥之间的交通枢纽，往日静谧、安逸、宁静的世外桃源被打破。因此有人士分析，二沙岛楼价的上扬空间已不复存在。

地段豪宅

地产界对地块升值潜力的基本看法是：哪里被扔的钱最多，哪里就值钱。城市东移，无疑把资金带到了那儿。

天河北、珠江新城、东风东，几乎都是重量级豪宅所在地，代表楼盘分别有头顶镶金的帝景苑、50年经典的新大厦、港人聚居的锦城花园。前两者在竞争"未来市中心"的拉锯战中都透支着未来远景，然而，生意上虽各有斩获却同样意难平。

帝景苑和新大厦都是重金打出的好品质，实力上无分轩轾，但买家却各有分流。有人偏爱帝景苑张扬的王者风范，的确，大理石、黄金、汉白玉都是皇者标志，黄金地段配星级服务，住得起还有什么承受不起？另一种人则对新大厦爱到酴醾，城堡般的尊贵外形，大量手工艺铺就的外墙，历久常新的褐色，珍贵考究的建材，国际金钥匙会员的物业管理，以及文人内敛的高贵气质。

买地段豪宅大致有两种心态，一是为方便，二是为日后升值。前一种心态比较平和，主要考虑实际生活；后一种投机心理则要担些风险，因为市中心的变数与城市规划唇齿相依。天河早期的房子曾卖到天价，可现在依然能和豪宅等身的就剩下黄怡苑了。天河北的规划滞后很大程度上拖了豪宅豪价的后腿，东风路一条高架桥令两旁的每平方万元豪宅跌至六七千元一平方，珠江新城的"城中村""病瘤"难除……这些都让豪客们痛苦着。

景观豪宅

上个世纪末开始，许多发展商和消费者都开始接受这样的认识——豪宅应在山水间。不管是国外别墅的标准也好，中国传统住宅的精髓也罢，总之，环境景观的稀缺性已成为豪宅的本质所在。由于环境景观具有唯一性、不可替代性，发展区域也由此向板块型发展，大致包括江景、山景、湖景。

山景豪宅

南湖周围的高尚住宅区由几大别墅扛起山景豪宅大旗，这里体现着依山傍水、背山面水的中国住宅风水观。

山景豪宅全部依托于山体，而在偌大的白云山北麓选址，则成了考验各发展商眼光的一次较量。目前较统一的意见是，颐和山庄的地形地势和风水最佳，上了私家山顶后，视线之下恰好就是明镜般的南湖全貌，而其山庄内的别墅区一带更挖出6万平方米的人工湖。可以说，颐和山庄十几套豪宅别墅，身后是坡形的热带雨林，落地玻璃窗前就是满眼的湖光美景了。可惜的是，颐和山庄以3500元/平方米的洋房起家，大大降低了其豪宅含金量。

山景豪宅一直卖得最贵的是白云堡豪苑，因为够豪气，占地22万平方米，单价10000~14000元/平方米，依山环湖自不必说，配套的尊贵性和私家性更体现豪宅身份。私家高架桥只有业主才能凌空而过，进入山中豪华的大门，私家山顶灯光网球场及体育中心，材料都是国际比赛用地标准。女保安骑高头大马在区内巡逻，私家会所更是豪华，装修标准也是令人咋舌。而且，白云堡是当年单挑二沙岛的英雄，别墅价位曾飚升至17000元/平方米。

江景豪宅

恐怕没有哪个城市的人们会对江景如此深爱，除了智者乐水的景观享受外，广州人还有“水为财”的心态。

珠江流经广州河段，全长16公里，一河两岸，“江景”盘无数。但称得上豪宅的不多，大致就是二沙岛对岸的滨江东一带。

最早在河南把眼光投诸江景的是海珠半岛花园。可以说，在当年没有任何人认识到江景如此值钱时，海珠半岛已经在开垦这片处女地了。而今江岸美女如云，她却能风采依然。海珠半岛很有特色，当年以30多层高的“三顶绿帽”点亮高层住宅的夜灯，一时成为市民的谈资；外立面也相当特别，全彩的拼装很像童话里的积木；位置相当优越，处在河道交叉处，就像站在一个半岛，以此拥有最宽江面。当然，楼的质素也不差，房子、园林都还说得过去，8000元/平方米的价格在这儿卖得不是最贵，但绝对算是最抢眼的。

此外，市政府也大力实施珠江两岸景观改造工程。投资49亿元巨资，全面整治珠江，投资近100亿元把两岸建成宽30米、长10公里的绿化标志性路段。目前，滨江东穿过中山大学北门的隧道正在施工，将会贯通整条滨江东路，滨江路旧房的“穿衣戴帽”工程，也令沿江的民房焕然一新。

然而,也有业界人士认为江景盘价位有些虚高,楼盘质素好的不多,而且沿岸开发过多过滥,很难再有攀升空间。

湖景豪宅

在豪宅当中,湖景盘处境颇有些尴尬。住户在观赏如画美景时，总避无可避地看到周围低矮破旧的屋顶和街市，这就是现状。地处老城区的湖景豪宅,先天条件利弊与共,湖景豪宅的崛起更多的是靠自身硬功夫。

香港嘉和集团像一名未出征的角斗士,在没有竞争力的东风西路上默默练功。地段谈不上利好,湖景也说了又说,在市场漫天的炒作风中,它能做的就只有盖好房子了。地产界评论港资发展商都爱用一个词:踏实。资金雄厚与品牌标准使得港资的房子总能笑到最后,如今嘉和苑最后一期外立面出来了,流线型大玻璃窗,飘檐屋顶,是通透、飘逸的“御庭湖轩”。当嘉和苑完工时,你走过东风西路会发现,不长的一条路上并列着税务大厦、汇丰银行大厦、流花广场,加上对面的顺峰山庄,俨然一个高尚社区。

豪宅的八个条件

高档次、高价、高标准、高服务水准、高生活享受、高规格规划设计被认为是豪宅必备的条件，你还可以理解为豪宅必须具有：

(1) 地理环境优越:市中心山、水、景观区域、市政配套完善且上档次，周边人文环境高尚，交通条件十分便利；

(2) 具小区规模；

(3) 超低容积率；

(4) 规划水准高，建筑、景观等；

(5) 环境空间感及生活氛围的营造佳；

(6) 充分体现人性为主导的生态自然空间；

(7) 处处洋溢享受人生的尊贵优越感；

(8) 具有珍贵和不可替代性，只此一隅，绝无雷同，具有豪宅物业“值得拥有”的心理价值。

第三辑

做派

作息

我工作，远离老板的脸

行走有时，赚钱有时，快乐有时

两性

两个人的两座围城

契约是契约，生活是生活

家业

富人啊，你的钱将来留给谁？

私人管家的哲学

我工作，远离老板的脸

黄 茵

在互联网时代，距离显得多么微不足道。

如果你不得不一天8个小时(甚至更多)，一周5天甚至6天工作，你简直就没有什么时间享受。当然，并非人人都爱“朝九晚五”挟着个黑皮包进出公司大门。有些人就像那些通过互联网给美国老板当秘书的印度人一样，他们在一个城市里生活，却替另一个城市里的机构工作。

飞来飞去的自由摄影师

张海儿，1982年毕业于上海戏剧学院舞台艺术系，1982~1985年，在广东电视台做场景设计，1988年在广州美术学院油画系研究生毕业。同年第一次去法国，参加了法国第19届阿尔国际摄影节《今日中国摄影家》展览。在这段日子里，张海儿被法国AGENCEVU图片通讯社看中并签约，此后，他以自由摄影师的身份来往于中国和欧洲之间。

1998年春天,大名鼎鼎的美国《纽约客》杂志负责人蒂娜·布朗小姐给远在广州的中国摄影家张海儿打来了越洋电话，请他去巴黎为该杂志拍几张时装图片。那一期,《纽约客》用了张海儿的两张照片。为了两张照片花那么多钱从中国请人去巴黎拍摄,行外人也许会表示惊讶,但这早已是张海儿熟悉的工作方式了。

张海儿说,自从他与法国这家图片社签约之后,他就不再操心拍照之外的繁文缛节。法国雇主很了解他的摄影风格、语言以及思维方式,知道怎么跟他沟通。工作上的一切都简化在程式之中,他不用像在国内那样会被其他事情分心,尤其不用为对付复杂的人际关系分心。在法国的时候，他常常和老板一起喝酒吃饭。他说,若在国内,一个员工不大可能和老板同桌吃饭吧?可是这种事情在法国很普通。

这两年,张海儿在国内的时间多,他的法国雇主会通过互联网给他传递工作订单,如果他接受,他就会飞去完成这项任务,如果他拒绝——当然,他可以拒绝,于是他就还呆在这里,套用一句别人形容他的话:

“一个很普通的,混在人堆里不大找得出的男人。头发很短,鬓角修饰得很有味道……穿着随意舒适,每天蹬着一辆破单车穿越广州的大街小巷。他没有BB机、手机等任何现代通讯工具。唯有相机是不离身的,他像这个城市的一只豹,张着耳朵瞪大眼睛随时准备捕捉合他胃口的东西。”

1997年,赵赵为美国MTV有线电视网的亚洲节目《天籁村》当编导,MTV的亚洲总部在新加坡,赵赵说:这也算一种异地工作吧。但因为是公司行为，领的薪也不是外币，所以不能算百分之百异地工作。

1999年，她在广州断断续续生活半年后，不喜欢，所以回到北京。原来的工作已经辞掉了，无所事事，一个在《希望》工作的朋友问她，有没有合适的人可以接替离职的北京记者站编辑。她一想，就说：反正也没什么事，我合适啊。

赵赵就这样开始了替另一个城市的刊物工作。

她对我描述她的工作："我每月在北京组稿，按字数算工资，每月要组差不多两万五到五万字，内容基本上是做专题、采访，整理完毕在规定时间内E-mail到广州总部。"

"还可以吧。不讨厌。"她说："天高皇帝远，没人管，自己不会跟自己发生冲突。以我以前的工作经验，我在工作时脾气很急，疯狂要求高效率，讨厌无用功，老嫌别人笨和拖拉，所以不是很好相处。我觉得不擅长与人合作的人，做这个最好。"

赵赵承认：这种情形的坏处，就是人越来越懒散。因为她基本上都在下午办公，之前又绝不肯被人找到，所以采访之类的事往往从下午开始，甚或晚上进行，这令她的生物钟完全颠倒。目前她正在想办法改变这种情况。

赵赵觉得自己的日常生活跟别人没什么不一样，除了时间跟别人正好反着。因为总在下午和晚上采访，就比较多地出入于酒吧、咖啡店，寓工作于娱乐，而且要多了解时尚生活，也需常呆在那种时尚前沿。她特别讨厌"事儿妈"，内里严肃但表面吊儿郎当，到现在很多人都以为她是一混子，没工作。赵赵说："他们越这么以为，我越高兴。"

她说:“因为做编辑记者，变得有点絮叨，什么事都要问到底,自己都觉得烦,以前没这么多话。又因为睡觉的时间比工作多,工作时间比较集中而短促,所以常忘事,本来记性就不大好,现在更坏了。”

最近她去别人公司玩，觉得很羡慕。见人家一群人说说笑笑,倒有点怀念自己以前的生活。她说:“冬天就想有个固定的地方暖和着,就像冬天不愿意一人儿过一样。”

赵赵在业余时间会写写专栏,因为是SOHO一族,反而没有以前坐班时时间充裕，以前每天有大把时间用来在办公室里发呆,闲得很,有时间写稿子,现在除了睡与工作,加上工作细节没人可以帮她分担，那些七零八碎的小事令她根本没时间写稿。“人一忙就是这样,腾不出脑子来感怀。”她说:“现在只给《南方周末》、《城市画报》和《希望》写。挑得很厉害,一看稿费,二看发行量,三看影响力,四看地区,五看前景。”她也承认在北京写专栏这个东西没什么市场。

1980年，刚高中毕业的钟路明开始从事废品拣拆回收工作。每日以半导体收音机为伴,好听流行歌曲,因而对港台艺员了如指掌。20世纪80年代中期，他开始撰写港台艺员的述评文章,其后进入《舞台与银幕》、《今日文摘》、《新闻人物报》,先后做过记者、采访部主任、编辑部主任、社长助理。在此期间,他一度险些失业,几乎连单位住房也要被收回,后来几经周折,总算有惊无险,他却从此当上了广州电台《开卷有益》、城市之声电台《你娱我乐》的策划与节目主持人。

其实钟路明做得最多的,是港台演艺公司、娱乐公司老板们在内地的顾问,我常谑称他是“黄百鸣的地陪”。

我问钟路明,你是怎么给那些“大哥”做顾问的?

钟路明一口气给我数出五条:

1. 陪老板到处去洽谈业务。在国内找一个熟悉国情的人容易,但找一个既熟悉国情又熟悉港台文化的人就很难,他恰恰是这样的人,而且他有活力,对所做之事充满热诚。

2. 老板在内地有大项目开发,但不可能时刻在内地跟进,需要有人担任副监制,他便做了这个角色。

3. 老板在开发一个项目之前,需要有人做市场调研,这个人必须既熟悉港人的操作方式又熟悉内地的市场情况, 这个人又是他。

4. 老板的一部电视剧、电影从立项到参与编剧、选角,到宣传推广,还是非他莫属。

5. 老板想在内地做某个类型演唱会,需要有人跟内地各个层面沟通,组织策划,以及担任宣传总监,这个人还是他。

我问钟路明:你跟过这么多的老板,有什么感受? 他说:“他们也是香港娱乐业和演艺圈中的精英了, 跟他们做事, 我获益甚多! ”

行走有时，赚钱有时，快乐有时

小 你

采访手记：

“在路上”对很多人来说是一个十分浪漫的说法，但对我采访的这三个男人来说，它已经成了一种生活方式，甚至，成了一种生存方式。

他们无意中得到行走的乐趣，便再也不肯放下。他们从此不停地走，边走边挣钱，边挣钱边走。

他们说，像他们这样的人在中国已经很多。在四川，他们这个圈子就有几十个人，而这几十人只不过是四川背包客的几十分之一。他们挣钱—辞职—旅行，再挣钱—辞职—旅行。

他们有自己的网上聚会，他们聚会时说得最多的话是“我回来了”，“我又要走了”；他们有自己的俱乐部，他们的俱乐部一般叫“独自行走”；他们有自己的酒吧，他们的酒吧叫“青鸟”或者诸如此类的名字；他们有自己的交流方式，他们打幻灯，他们看自己拍的片子，他们交流旅行线路；他们一般有自己的个人主页，他们的个人主页里全是游记和他们自己拍的图片；他们常常争论关于旅行的概念，他们为此吵架骂娘。

发展到极端，就像我采访的这三个男人一样，他们旅行，同时挣旅行的钱。他们的生活和生存融为一体，从此再也没有分开。

第一个人

罗浩坐下，从包里掏出一个塑胶袋，对姚曦说："刚到荷花池淘了几片样布。"

这是我第一次见罗浩。姚曦事前说，罗浩是个旅行家，当年参加过"雅漂"的。

塑胶袋里装着五六张颜色浓丽的布片，这些颜色，都是极其西藏的。这是罗浩的公司下一步准备制作的旅游产品的样布。产品是一种头巾，图案是罗浩自己设计的，全是跟西藏有关的图案，西藏的文字，西藏的一些奇怪的符号。非常的后现代。

但罗浩这个人，一点都不像跟西藏有什么关系的样子。也不像跟旅行有关系的样子。

不错，他黑，但太瘦了，瘦得虽不弱，可也绝不强壮，而且他的瘦像是跟挨饿有关（我后来知道为什么了，因为他确实常常挨饿）。罗浩其实就像他现在的身份——一个嗜烟的文化商人。

但罗浩一开口，我就知道了：这是一个真正的旅行者。

罗浩36岁，罗浩的大半人生在西藏度过，6岁他就进藏了。大学毕业他本来分在新华社搞摄影，却自己要求回了西藏，也不知道为什么。

罗浩的家一度是进藏者的“兵站”，那是20世纪80年代，拉萨最热闹的时候。罗浩的家在布达拉宫脚下，朋友的朋友的朋友经常推荐一些莫名其妙的“艺术家”到他家里来，来了就不肯走，一定得把饭混来吃了再说走。罗浩和隔壁画图画的李新建两人每人4个月的粮草288斤在不到20天里被这帮中外盲流给吞没了，剩下的时间他和李新建也只好出去混饭。一位朋友实在看不下去，在墙上为他们写道：“蝗虫季节4~10月。不谈艺术，不谈受苦受难者，可供马脸一张、青茶一杯。”

没用，该混的照混，该吃的照吃。

那真是一段好日子，那么穷，罗浩也还是四进珠峰，九死一生。后来罗浩在布达拉宫下开了一家图片社，很赚钱，便买了一辆丰田，开着到处跑，比如单车跑阿里，坏了四块钢板也还是开回来了，没死。

但罗浩说，“1997年前，我没有参加过大型的旅行活动。”1997年罗浩回到出生地四川，开始眷恋野外，才开始正式的旅行生涯。

“这是一种心理状态，离大自然越远，越想投奔它。”1998年，罗浩参加了“雅漂”。

“这次漂流没有死一个人，真是奇迹。可能是因为太艰苦了，上天保佑我们。回来后每个人都垮了，我的腿完全动不了，连话都说不出来，整整睡了三天。”

有意思的是，当时大家都没垮。“因为是疯子状态嘛，我们其实就是疯子,在一种极限状态里。”

“1998年对我影响非常大,此前在西藏也有过一些经历,但那不一样。那时候我常常下乡拍片,都是搭货车。有一次和同事去那曲,拦了一辆拉矿的货车,同事年纪大一点,我让他坐驾驶室,我坐上面,结果不到两千米我就后悔了。太冷了。上车时我就借了同事的羊皮军大衣,加上我自己的,实际上是两件皮大衣,还把车上的帆布扯来裹在身上,也还是抵御不了刀子般的寒风。我慢慢进入梦境状态,但心里很清醒,绝不能睡着,一睡就永远醒不来了。风声那么大,车里的人根本喊不应。也是我的命硬不该死,车过羊八井时师傅一高兴临时想加点油,同伴下车来喊我,我已经什么都听不到了,体温都没了,器官也没用了。同伴吓坏了,找饭馆烧了桶水,从脚上开始慢慢烫,半小时后我才婴儿一样,哇地喊出来。后来他们说,再晚一点我就没救了。”

“这样的经历非常多,但那都不是旅行的经历。不过正是这些经历对我很有帮助,这以后我相信没什么能难倒我的。川台最近准备在德荣一带搞一个30天的生存游戏,每个人只给10天的食物、10根火柴,其他什么都不让带,你得过30天,不行随时可以下来。节目每天直播40分钟。我已经报了名。这种活动我肯定是没什么问题的。”

“这样吃苦到底是为什么呢？经常是,刚回来的时候,想,差不多了,什么也都经历了,那么累,那么苦。不过过一段时间又想出去,累、苦,都忘了,留下的都是美的。登山、旅行、探险,其实说白了是享受各种器官的快感。前段时间新浪山野论坛有个叫‘肥壮壮’的网友贴了篇文章叫《登山=手淫》,很多人反对,也有很多人支持。其实就这么简单，就是最后，各种器官达到快感，达到高潮。除此外，你还追求什么呢？完全不是英雄主义的东西，喜欢旅行的人跟得错了病吃错了药的人一样，跟发烧友一样，控制不了。”

虽然控制不了这种投入，但好在罗浩很会挣钱，而热爱旅行的结果是，罗浩找到了来自旅行的商机。回到成都后，他开了一家名叫“艾尔极地”的文化旅游公司，专做旅行用品生意，出和旅行有关的书，还做了一个旅行网站。他最出色的一个计划是，今年七八月份，组织文字阅历均足够好的人从川藏南线、川藏北线、滇藏线、尼泊尔—拉萨线、飞机航线五条线路进藏，对每条线路做详细记录，做一本西藏的“LD”(LD，国外一套著名的旅行图书)。罗浩说他对西藏太熟悉了，这本西藏LD非他莫属。

第二个人

姚曦，四川大学登山队队员，三十好几了，仍坚持做一个阳光男孩——眼睛大大的，皮肤黑黑的，牙齿白白的，衣服靓靓的。

每次见姚曦，他的鼻尖都正在脱皮或者准备脱皮——他刚刚出去了，或者正准备出去。出去，当然就意味着晒伤。

“出去”，一句行话，说的是旅行。

姚曦和旅行的关系开始得很早。上大学第二年，他就遇到了“长漂”。他在学校里发起为“长漂勇士”募捐的活动，这次活动为长漂队购得“四川大学号”漂流艇一艘。从“长漂”队员的口中，姚曦听说了青藏高原的美，藏族姑娘的美。他还知道了“旅行”这个词。但这时的姚曦和具体的旅行还没有什么关系。

毕业后到了川大出版社，每年两个寒暑假，时间一大把，姚曦开始“出去”，开始接触到一些和平时不一样的人，和平时不一样的生活方式，和小时候知道的峨眉山不一样的景点——雪山、海子、草地……

有一次，在塔公，姚曦和一个藏族小伙子同吃同住好几天，他问小伙子：如果把你的牦牛卖了，你在成都可以买好几套房子，过上大多数成都人梦寐以求的生活，你为什么不去？小伙子用简单的汉语说：他如果离开这里，离开他们心里的神，他就不是他了。小伙子生活得非常简单，几乎不吃肉，也没有什么娱乐，但生活得非常快乐，那种快乐不是装出来的，是由衷的。走着走着，他会情不自禁地就开始唱歌，骑着马，他会把马肚子一夹，跑出去就是一大圈，边跑边吼。“我突然就觉得，这是一种跟我们平时完全不同的生活方式。”

往旅行的更深处走，是一种机缘。1996年的一天，川大开运动会，姚曦发现会场上竟然有一排帐篷，这真是太奇怪了，上前去问，原来是川大登山队在招队员。姚曦报了名，成了一名登山队队员。在登山队，姚曦接受了严酷、实用的登山、野外生存训练，这使他后来成了一个很专业的旅行者。

对姚曦来说，最壮观、最有意义的一次旅行发生在1999年。那年，他开着一辆三菱越野车，为了寻找香格里拉，独自在高原上开了整整一个暑假。

那是姚曦生活中最混乱的一个时期。在外人眼里，姚曦是个幸福的人。他是出版社第一个买私家车的编辑，有一套漂亮的房子,有一个漂亮的老婆。但这时姚曦突然发现生活很没意思了,赚钱,家庭,活着,然后,跟自由没有关系了。他的婚姻和生活陷入了陷阱之中,以致有段时间需要朋友赵斌每天拿一本《圣经》,一段段念给他听。但对姚曦来说,要他那么简单地相信神是不可能的。这时,他去了香格里拉,他下意识地想逃出去,寻找一个梦境。姚曦整个人变得很平静很平和。怀着一股怨气出发,回来的时候是搁平了的。他镇定地解决了婚姻问题。

姚曦最喜欢说的话题是关于“旅游”和“旅行”的区别。所谓的“旅游”,他说,就是坐飞机到大连去,或者到三亚去,包一个四星级宾馆,在空调房里看海景,或者是在沙滩上躺着,穿白衣服的服务生在一边毕恭毕敬地端给你饮料。这是一种感官的享受,根本和内心无关。姚曦讲了一个故事:一个女孩是怎么在丽江旅行的。这个女孩,在丽江找了一个院子住下,找了一个纳西族的小伙子教她刻纳西族的木刻。她以这种方式来解读丽江,旅行丽江。只要你有想像力,你可以以任何方式去走一个地方。这是旅行。你行走,然后你存在,你感受这种有个性的存在。

第三个人

36岁的何书是个单身汉。单身汉的家很少这么整齐这么讲究的,这单身汉的家在成都市菊乐路,其实完全没有经过任何装修,但房间里别致地摆设了来自西藏、来自各地的很有趣的纪念品,墙上贴满了跟旅行、跟西藏有关的各种画片,很有味道,可以上《城市画报》的家居版。

何书把自己的家命名为“屋脊”(Roof),他把Roof作为一个品牌来经营。他把黑底白字的Roof标签贴在他房里的任何地方,包括电灯开关上,包括他藏量颇丰的、每一张CD的封面上。他把一件空手道衣服作为装饰也挂在墙上。

何书这些年一直在跑,九次进珠峰五次进阿里。何书是个职业旅行家。不光自己跑他还带人跑,并因此赚些钱,赚不少钱。多的时候总有一两百万。他长期包着西藏假日酒店的房间,有八年时间他没洗过碗,吃完就走人。有时候光酒店一个月就有可能从他口袋里掏十几万出来。何书说他对钱没概念。就像有的人认为生下来就应该有氧气一样,何书以为生下来就有钱。作为一个长期在高原的旅行者,对氧气他有概念,对钱他没概念。他只是凭高兴凭直觉做些事,然后钱无意中自己就来了,他也不知是怎么回事。

但何书却是学自动化的。“自动化强调一种理性,我这人理性也强,感性也强,视觉、听觉、触觉、味觉都很敏锐,典型的双子座。”何书父母都是理工学院的教授,他对学院式的东西一直反叛,喜欢自然。毕业后“晃”了一段时间,就去了中印边界的樟木。

去樟木的第十几天,何书就去了珠穆朗玛峰。那时大概是1987年。

在珠穆朗玛峰,“我突然发现我原来想的东西原来有一种实物,有一种现场,可以让我释放。我突然感觉,我找到我的出气孔了。从此我完全忘记了内地,很疯狂地在那边在各个方向上去走。”

从此何书的生活和生存就融为一体了,再没有分开。他的生活和生存方式就是旅行。“他们让我承包一家旅行社。我当时完全是昏的,不懂那就叫承包,我只是为了不被人管,不进入体制,无意中就成了西藏旅游界的元老。结果我做的事情成了开拓性的,开拓性包括探路什么的,一切东西。”何书后来经手的两个旅行社都成了西藏最大的旅行社。“我发现我是个福星。”

从那以后,这十多年里加起来起码有五六年何书是在路上。沿途看到很多东西,有很多体会,只不过都是些很奇怪的非常何书式的体会。比如对于大小。

“有一次在西藏的一个区,叫屋马,人非常少,区长出来一走,他辖区所有的人加起来包括孩子只有十几个人,电话总机是三位数,分机号总机小姐全部都背得。我突然发觉这种行政概念很滑稽,当个区长跟小组长有啥区别呢?当官的活在自己假想的一个概念之中,很滑稽。不过我们也可以说他很伟大,比如,他可以把羊子算进来,那就很多了。你发现他和扫垃圾的老太婆气质是有差距的,所以我后来提出气质可以培养。他后来就找到做区长的感觉了嘛,这种感觉才是珍贵的。度量衡的东西代替不了这个感觉。”

比如对于反差,生活方式的反差,城市的反差,教育的反差,包括一些标准、对什么是最重要的东西的感受的反差。1987年何书参加西藏最大的一次雪山抢险,藏族人用一块糌粑就可以换到一两个金戒指。什么是最重要的?生命是最重要的,食物氧气是最重要的。平时你以为生命中很重要的东西其实不值一提。

在那里何书突然发现了人。只有人可以帮你,你不可能让狼帮你呀。人这个概念就这样剥离出来。“我从珠峰、阿里回来,沿途一个多月看到的全部是野生动物,回到樟木,突然看到一个动物,这个动物叫人,只有这个动物才会抛媚眼儿,那感觉非常奇妙,对人这种动物突然有了更深体会。”

1988年三国联合登山,何书送队员到珠峰,第三天又飞到香港。转瞬间到了人流物流很旺盛的地方,很强烈的反差,感觉很好,何书发现你突然可以给生活的很多东西排秩序。做一切的目的都是为了快乐。草原上的人很快乐,你忙半天,准备笑,结果已经笑不出来。

长期在路上的结果是,何书很认真,很尊重自己,想干什么就会去干,当然也会照顾社会的情绪,但真的想要的时候就会很犟,也比较横,不爱假打,不爱妥协。

近一两年因一些无奈的原因,何书回到都市。突然之间,他爱上了音乐。他后来明白过来,因为音乐可以把他带到很远的地方,继续走。“有个摇滚音乐家写道:为什么我们喜欢音乐?Because we are lazzy。因为我们很懒。因为我们不想做事,我们想直接得到这种感觉。对我来说,就是得到在路上的感觉,行走的感觉。”

“我是个过客,我一直在路上。我的生活就是一个立体电影,全息电影。走在野外,坐在车上,感觉就是一个立体电影,看都看不完,每次我的身边都有很多人在睡觉,那些人怎么会睡觉呢?很奇怪。我就是这样的,对一切很激动。老外说的,你很enjoy。”

2004年开始,何书说他把自己的全息电影调到了“经济频道”,他要挣一些钱,以便走得更远。

两个人的两座围城

艾 柯

这些城市人的困惑和困境都是如出一辙。这样一些身体力行着单身状态的人，似乎越来越成为都市里的一道另类的风景。只是，自由和自在所要付出的代价是孤独和不确定感，那么，围城里这些在不愉快的婚姻进行时的人，将会如何为自己作一个抉择？

中国式离婚

单身状态人尽皆知，但都市里还有一种状态是有合法婚姻状态下的单身。新谚语云：最时髦的人，是没结婚和结了婚一样，结了婚和没结婚一样。

讨论婚姻状态下的单身，可以先看一下其表现形式：

1.因为工作导致夫妻两地分居的；2.感情不和或者准备离婚被迫分居的；3.自愿选择某种形式分居的，如“周末夫妻”；4.有合法的婚姻形式，在一个屋檐下夫妻分居的；5.身体不单身，但是精神单身的。

前面两种状态都好理解，实施第三种状态的人不是很多，自觉自愿的就更加少了。大多是一个人希望保留一点自己的空间，为了“事业”或者“自由”的借口，有些是为了照顾年幼的孩子，比如一方（大多是女方）带着孩子住在父母家，周末的时候才一家团聚。

第四种方式大概很有中国特色，我们姑且称之为“中国式离婚”。

为什么称之为“中国式离婚”？众所周知，在上个世纪的中国，大多数国人都是靠单位的福利房来解决居住问题，尤其是，大多数单位都规定必须结了婚才具备“分房子”的资格。因此，一对夫妻要离婚，在经济条件并不宽裕的情况下，居住问题就变成了头等问题。更有甚者，大多数单位分房只考虑男职工，女职工被摒弃在“分房”的门外，因而离婚后的住房问题就成了很大的困扰。

并且，不管怎么说，离婚的最大成本是对孩子造成的阴影和创伤。因而，出于可以理解的原因，一部分人把居住问题和孩子问题变成不离婚的借口。在转型期的中国，大多数已经年过30并且已经组建家庭的人都要面对这样的问题：父母普遍已经出现健康问题，在那一代不可能买保险又不太可能有太多积蓄的老人中，养老和防范意外只能依靠自己的儿女。而且这样一群人普遍儿女尚小，要牵扯大量的精力去照顾和抚养。

这部分人，大多已经人到中年，上有老下有小，在市场经济大潮卷来的时候,已经力不从心、安于现状,唯一的要求和人生的目的,不过是太太平平过完一生。他们大多早已没有激情,或者没有了制造激情的条件,“稳定”已经成为压倒一切的前提。他们不想在人到中年时再家庭触礁,给自己和家人造成不可弥补的心灵伤害。

安于现状的本能选择

毋庸置疑,很多人离婚是因为有外力的推动。假如没有外力,安于现状、不打破现有生活格局是理智的人的本能选择。上海有关部门的统计数字显示,离婚率近年上涨了约20%,而导致离婚的第一杀手,是婚外情。

根据中国现行的婚姻法以及司法实践,要离婚,如果双方都同意并且可以协商的话,不算一件太复杂的事情,但是如果有一方不同意离婚或者对财产的分割和孩子的抚养权存在分歧的话,起诉离婚便变成一场耗时耗力没有赢家的战争。假如想离婚的一方没有抓住对方的“硬伤”,也就是构成法律认定的“感情破裂”的硬件——比如虐待、遗弃、分居两年以上、婚外与人非法同居等等,那么不想离婚的一方出于种种考虑而在法庭上死咬住不同意离婚的话,一般的司法实践是一审不会判离婚,想离婚的一方要等半年后再次起诉。这样一场战争,如果没有下定决心的话,没有人会不留余地义无反顾地去做。

而实行“中国式离婚”的当事人中,如果没有外力的推动,大部分人心里会存在这样的想法,即离婚后,难道又能找到更好的更合适的人吗？如果不能，或者更糟糕的话，为什么要离呢？就维持现状便了。

这部分人，对自己的将来没有信心或者存在疑虑，他们不想改变现状的动机是——他们恐惧未来。

在“存天理，灭人欲”已经成为一种文化，并且强调“以德治国”的土地上，对一个人衡量好坏的标准往往是“德”。“德”是什么？假如这个人不偷不抢不作奸犯科，唯一的硬指标大概就是男女关系。官场上的人都知道，轻易离婚甚至会影响一个人的仕途。你为什么离婚？大多数人的本能理解是，一定是有了新欢才会抛弃旧爱，想要离婚的一方这方面的嫌疑尤其大——或者是，对方有了新欢你无法容忍。至于婚姻的质量，两个当事人的志趣，不在婚姻法可以定义的范围里。

笔者了解到这样的实例：一个现年40多岁的知识女性，在十几年前已经和丈夫过上了这种“中国式离婚”的生活，两个人住在一个屋顶下，各自有自己的卧室，互不干涉。当时孩子还很小，为了给孩子保留一个完整的家，女人放弃了离婚的念头，多年的收入都补贴在家庭和孩子的养育上。十几年弹指一挥间，孩子已经成人，上大学了，为了孩子的牺牲已经不能成为借口。岁月不饶人，转眼女人就要成为知天命之人，反思自己多年的生活，恍然发现自己从来没有为过自己，都在为别人活着。虽然已经年纪老大，她还是作出了离婚的决定。男方也不是不同意，但是提出要一笔经济补偿，才能搬出共同居住的房屋，而这套房子，即使是女方单位分的房改房，按照法律，也属夫妻共有财产。女人的积蓄并不多，因为多年来实际上是她在独力养育孩子，如果还要付给丈夫一笔钱，她觉得自己亏吃得太大了，心理不能平衡。于是这事又搁置了下来。

另一个例子是：同样多年的“中国式离婚”的当事人，男的年过40之后遇到了“红颜知己”，于是回头要求离婚。而同样年过了40的女方奈何不了（因为如果认起真来，这个世界只有结不成的婚，绝对不会有离不成的婚，也就是耗时间罢了），结果40余岁的女人只好带着孩子黯然搬出了家门——当时男方单位分的房子还没有办好产权，也就是说，这套共同居住的房子还是公家的财产，不属于他们夫妻所有。

掩耳盗铃的稳定

许多相似的例子可以表明，所有已经感到婚姻不合适并且已经开始实施“中国式离婚”的人群，不过是在掩耳盗铃罢了。

表面上的“稳定”不可能是长久之计——因为人和人的关系以及婚姻的存在绝对不是鞋子合不合脚的问题，鞋子不合脚你大可不要穿这双鞋，但是婚姻是你每天都会感受到的、每天都要面对的一种现实，你不可能超脱到当它从来没有过，或者不存在。

实际是，总会有一把火，会把这种表面的稳定烧成灰烬，到时候再来检讨多年来早已死亡的婚姻，更加受伤。因而中国人那句俗话很适合这些掩耳盗铃的自以为维持了家庭稳定的聪明人：长痛不如短痛。

当然人都有这样的心态，不愿意面对伤疤。但是，假如这块伤疤已经烂到你不能不正视它的地步，并且任其溃烂下去会危及整个生命的话，那惟一的办法就是要忍痛把它割掉，时间会是最好的良药，它会治好很多心灵的绝症。

而孩子，假如他不幸降生在这样的家庭，必须在单亲家庭里成长，固然是一种无法避免的痛，可是，维持一个并不和谐的家庭，以孩子为借口，多半等孩子长大后也不会认同，更不会感激。幸运的是，今天的孩子都生活在一个相对开放的社会里，离婚已经不是一种人格缺陷，只是人人都可能面临的遗憾。把这种不可避免的遗憾视为正常，并让孩子觉得自己的生活状态并非不正常，教育他们慢慢接受事实，好过一把鼻涕一把眼泪地炒作自己的苦难增加孩子的心理负担——只有大人勇敢、坚强和有尊严，才可能期望孩子拥有同样的品德。

本文绝没有鼓动已在实施婚姻下单身状态的当事人揭竿而起的意思，如果你真的认为这样的单身状态是一种不可多得的并且有益于身心健康的状态，不妨继续。

最后一种“单身”方式，可以到网上的聊天室去看看，很多已经有稳定婚姻的人，乐于在网上穿梭，并且热衷于见网友。不排除其中找婚外情人或者一夜情的。某媒体曾经发出这样的界定：身体不单身，但是精神单身。也有人认为，一个固定的伴侣无论如何满足不了人的精神需要。于是，在网络大大改变人们生活方式的今天，在聊天室和QQ这样的城市假面舞会里，可以看到真实的赤裸裸的人性。他们不一定要颠覆婚姻，但是他们会在这里寻找另一种精神的寄托或者“艳遇”，同时打发那些不过也就是用来打麻将或者看电视的闲暇时光。

《欲望城市》的一度流行,大概是因为里面那四个单身大龄白领女性的情与欲故事在现时的中国大都市里引起了普遍共鸣——这些城市女人的困惑和困境都是如出一辙的。而这样一些身体力行着单身状态的人，似乎越来越成为都市里的一道另类的风景。只是，自由和自在所要付出的代价是孤独和不确定感,那么,围城里这些不愉快的婚姻进行时的人,将会如何为自己作一个抉择?

契约是契约，生活是生活

李 丽

“周末夫妻现象的出现，说明了一个问题，人们对婚姻关系的内涵和缔结了婚姻契约后，应该共同拥有的生活有了新的认识。契约关系是契约关系，其背景下的生活内容和生活方式是另外一回事，应该区别对待。”中山大学社会心理学专家李伟民教授说。许多人认为“周末夫妻”是“介于婚姻与非婚姻的边缘地带”的另类现象，并把原因归结于“家庭中夫妻之间经济上相互依赖的削弱”。李教授却觉得其实这种现象很自然很正常，跟夫妻经济的独立性没有必然联系，主要是人们观念发生改变，不愿在思想上从属于对方。

传统婚姻关系中，人们意识不到与之对应的生活方式是可变的，遵从于朝夕相伴，坦白相见的单一模式，认为夫妻就是这样。实际上，婚姻关系只是一种契约，在过去它以伦理道德为准绳，重于家庭分工，形成以男性为中心的观念与生活方式；而今，伦理道德的约束渐弱，它主要根据法律准则，重视财产分配，保存自我空间，安排不同的方式和内容。将生活方式与婚姻契约分开,正是人们对婚姻内涵与质量重新审视的结果。

据一项调查显示,人们对“周末夫妻”这种方式的接受度正在逐渐提高。认为偶可一试,非常有趣的占32%;认为益处良多,很好的占24%;认为弊多利少的占12%。可见这场观念变革正以不可忽视的力量进入中国家庭。

然而,观念上的认同与行动上的接受还有着一段距离。因为契约形式不管发生什么样的变化，婚姻生活质量的核心仍在于感情。

“周末夫妻”让双方在候鸟式的关系中，保持着爱情的新鲜感,假如把它看作婚姻的一种新形式,确实很适合一部分人,但还包含了工作环境,社会生活日益丰富对个人的诱惑等因素,尤其在白领阶层,职业的特性,交际圈的广泛性,生活规律的不稳定性在一定程度上造成了他们选择“周末夫妻”的客观需要。

目前,对大部分人来说,维持感情的最理想方式仍旧是共同生活，有孩子的家庭更会考虑它对亲情的重要性。从这个角度看,“周末夫妻”或其他新型的婚姻形式,提供的是人们追求个人生活过程中选择的多样性,对婚姻制度却无根本影响。这也预示着,“周末夫妻”是时尚,而不能成为普遍现象。

记者采访了“围城”内外的人,看看他们怎么说。

时尚？多么可疑的单词

江飞雪:其实从一定程度上看,“周末夫妻”已经成为了一种潮流,是否“时尚”还不敢说。一个网站最近搞个调查,21世纪的梦想,最多的人选择的是感情,找个好对象。感情问题将把人们从这个世纪折磨到下个世纪,在感情泛滥也奇缺的现实下,“周末夫妻”现象的出现有它的合理性。

王洁仪:能够成为时尚。因为第一,现代人的工作特性不同,许多人即使在同一个城市工作,地点可能相差很远,而且工作很忙,天天见面比较麻烦,周末轻松,时间好安排。第二,现在的年轻人,很多都是独生子女,观念与传统的不同,独立性很强,他们不会拘于单一的家庭生活。

余惠茗:从单纯的角度看,它似乎是种理想的模式,但只适合某些特殊个性和职业特性明显的人群,在小圈子里流行,比例不大,成为时尚的可能性也不大。因为人们主观上接受是一回事,真正去做会考虑许多其他因素,比如夫妻俩的感情依赖,生活的共同打算。其实两人没有冲突,天天一起生活是很幸福的。

郭健:成为时尚是不可能的,中国人的家庭观念还是比较传统的,特别是有了孩子以后,做“周末夫妻”麻烦太多。

大豆:两个人当然要在一块儿嘛,不然为什么要结婚?时尚?多么可疑的单词。

像朋友更像情人

江飞雪:对于感情,对于自身心理健康,我都觉得是件好事,对于婚姻关系就不一定。其实夫妻两个“各自精彩”的事例在我们身边已不鲜见,大家心照不宣,没必要两个人较着劲烦死对方,参悟透了男女问题,烦恼自会减轻。

魏勇:“小别胜新婚”嘛！不过,这是两个人的事,如果一方是被动接受的,他们的婚姻多半就会出现危机。这不是信不信任,协不协议的问题,双方不在一起时,什么情况都可能发生。

余惠茗:“距离产生美”是大家都知道的,一些人可以通过它来调节或增进感情,关系会更亲密。可是,如果在双方感情极度平淡,或一方有向外突破的倾向时,“周末夫妻”的方式便加速了他们关系的破裂。

罗敏:夫妻相处是一门艺术,每个人都想有自己的独立空间,保持自己的个性和爱好,朝夕相处容易造成互相干扰,“周末夫妻”更像情人或朋友,在人格平等意义上,使婚姻注入活力,增添内涵。

龚小风:正常的夫妻是不会找各种理由分开的,只有一个问题,他们想逃避。

大豆:如果两个人真正相爱,他们总是想在一起的。人为地想一个星期再相聚一次,干吗？一定是爱情消失了。

结婚就是给自由穿件棉大衣

亚力和许悦每周只有14%的时间呆在一起,作为IT经理的他86%的时间在广州把加班当家常便饭,公务员的她在深圳呼吸着自由的空气,这样一过就是两年。按时尚说法,他们是很IN的“周末夫妻”,可亚力说他们看重的仍是婚姻契约,“结婚就是给自由穿件棉大衣,活动起来是不方便,不过冬天来时心里挺暖”。

不久前，在一次聚会上见到他们，那时并不知道小两口过着“七减六”的生活，所有感觉只是两个字——恩爱。许悦是个性情开朗的人，在席间说着令人捧腹的段子，亚力就在旁边笑眯眯地看着她，有时许悦说到半截突然忘了词，他赶紧补上，这时许悦会很温柔地朝他努一下嘴，我们更是开怀大笑。

他们刚分开时，考虑最多的就是在哪里买房子，最后去了广州丽江花园的“九如通津”。平时只有亚力一个人住，像个单调的工作室；到了周末，许悦一回来，马上又变成爱意融融的家。他们也不完全赖在家里，经常邀上朋友去爬山或打球。许悦老说亚力是搞技术的，成天用脑子，身体不动，会坏掉的。她的操心让亚力觉得幸福。可这种光阴很短暂，许悦周日下午得动身回深圳，亚力周末碰上加班，心里就很歉疚。

平常利用半价时间通10分钟的电话，或上班时发发E-mail，关心对方每天发生了什么事，心情好不好是他们必做的功课。总觉得恋爱期还没过完似的，这也难怪，两人结婚后只同居了不到3个月，许悦就因为工作去了深圳。

本来是许悦管钱的，亚力觉得吃是享受，分开后，管家的角色调过来了，亚力就觉得吃是任务。经济关系变了，生活习惯也变了，尤其不能过正常的夫妻生活。亚力说，“周末夫妻”的好处是时间好安排，花钱顾虑少；坏处是突发奇想要浪漫一下，发现很难实现。尽管如此，亚力还是浪漫的，第一次记住中秋节，是因为意识到许悦居然没在身边，他连夜坐上出租车赶到深圳。

亚力把婚姻关系比作围城，不过希望是“长城”来围，不要太随意进出。在他看来，一定要有自己的爱好和个性，双方各自精彩，又一唱一随才有情调。处在“周末夫妻”的潮流中，亚力很矛盾，有清静的个人时间和空间是好事，但感情的培养岂不还在朝朝暮暮？

最后他在“自由”与“契约”间，选择后者，因为婚姻要对爱负责任，只有传统的契约能给他们最安全的感觉。4个月前，他们有了计划外的小宝宝，开始考虑许悦回广州的事，毕竟，他们对家有了更多的期许，这段“周末夫妻”的生活也将画上句号。

没有游戏规则只有绝对信心

“周末夫妻”现象的出现引起了各界人士的关注，一时成为沸点议题。它能否成为一种时尚？它对婚姻关系有何影响？人们怎样看待与此相关的问题？

别人说他俩都是没心没肺的，不知是不是做广告玩创意，玩得走火入魔了。

结婚之后，最长的一次同居是3天，还是那次她搬家，房子一团糟，借住在他家72个小时。“绝不可以超出这个数，不然我们的爱情就没质量了。”她固执地说。问她为什么结婚，“结婚都是结给别人看的。”后来她又说，“我爱他，至少婚姻让我觉得再怎么折腾，还有个尽头在那里。”

他们结婚3年，在同一家公司两年多，可通常是天马行空，各做各的，上班时比一般同事还要一般同事，闹得一些不知情的男人，还一天一个电话追着她。每次接电话，她都眉飞色舞，他只会不愠不火地站着，甚至用欣赏的目光打量她。而在前年元旦，她放弃了日本之行，他却没有先兆地邀了一个女同事去上海玩,她倔强地一个人过节穷开心,等着他回来道歉。

没有确定的游戏规则,只有绝对的信心。他们的婚姻像捉迷藏一样进行,一方忽然消失是常有的事。他曾经一个人跑去云南开酒吧,一呆就是半年,理由是他想要一种新的生活方式。可是每个星期天晚上,准时在10点40分,她会接到他的电话,听到的都是思念的声音。回来后,一切如故。她告诉过他,有天对广州失望了,就会去北京。那次她真的去了,带上行李,不留音讯。过了6天,他才发现她丢了,疯狂地打她的电话,还好,在北京。会回来吗?不知道。再次见面时,他激动地抱住她,眼圈红红的。似乎越是受罪,越有爱下去的能量。

“周末,是我们生活的交叉点,只在这时享受100%的爱情。”她描述那些失踪游戏过后,开始有“规律”的“周末夫妻”生活,眼神缥缈。“他要求过你一起生活吗?”“他有过这样的念头,但绝对是一时冲动。他是一个很感性的人,从来不知道要来的东西会变成什么样,给了他,就会发现那种单调乏味是无法忍受的。1:6的比例还是可以接受的,如果我们一天天心平气和柴米油盐地过日子,爱情就死了。”

问她有否想过未来,她说未来就是顺其自然。最初,他们这样对待婚姻是刻意的，因为有太多的人遵循着不知所谓的准则,把社会认同感当作自己生活的前提。他们想要破坏这些严肃的东西,按照自己的个性与方式去寻找契约之下的各种可能。

富人啊，你的钱将来留给谁？

不把钱留给孩子

访问对象：佘德发

中山名人电脑开发有限公司董事长

“我不会考虑把钱留给孩子，因为他很聪明，才5岁零4个月就会跟我争论掌上电脑该设置什么功能，他以后一定超过我。”

佘先生的身份比较特殊，他是香港籍人士，本不在我采访的范围。但他谈及的香港一些富人逃避遗产税的做法和他将来对个人财产的处置引起了我的兴趣。

“在香港，聪明一点的人，通过信托，老早就安排好了。海外有许多基金会，信托的方式也有很多种，他们只需花10万8万注册一个基金会，把资产转移出去，基金与公司的生命是永恒的，过世之后，继承人只要加入基金会就可以了，不用交遗产税。”

如此轻而易举，那么佘先生也一定会效仿了。可他说以后要把遗产捐给国内穷困山区的孩子，帮助学校改善教育条件。为什么不是留给孩子或者企业呢？佘先生说，把财产回馈给社会更有意义，他的孩子不会需要这笔钱的，他的事业也不算什么，他相信孩子凭自己的本事会做得更棒。

这也跟他的经历有关。1974年，他和家人从福建到香港，刚上小学，就开始白天上学，晚上卖水果，学费自己交，因为家里太穷，年纪小小的他已想着养家了。一路走过来，白手起家，才有了今天的成就。正如父亲给了他精神上的财富那样，他要留给孩子的也不是钱。

而另一件印象深刻的事，是他在来往于香港和内地的飞机上，曾看到一个20多岁的富家子弟，是个男孩，娇娇弱弱地抱着绒毛兔，给它系上安全带，一边摸着一边说："我的宝宝乖！"这给了他很大震撼："如果这孩子的父母走了，怎么办?！"所以他只想给孩子普通的环境，成才靠孩子自己努力。

对于中国即将开征遗产税，他说："万事开头难，国内一些朋友听到这消息时，第一反应是：哇，我的钱包被掏了一大笔！但走着走着人们自然就会习惯。"

花出去的钱才是自己的

访问对象：马　聪

广州利运置业发展有限公司董事长

年轻的富有者对遗产税几乎无顾虑，30岁左右的马先生也不例外。“这是一个社会游戏规则，制定出来了，我们就要尊重和接受它。”

“利运”旗下有“新城”和“SOHO”两大俱乐部，曾对消费税颇有一番见解的马先生，如今对遗产税开征这样说：“这应该是很合理的，在英美法系中对此早有明确规定，在中国开征也合乎趋势。”但他认为要看税额和税率，按中国的国情，参考香港和台湾会比较有价值。如果税率过高，大家就会想方设法逃避，不利于税源和税收。经营房地产的他尤其指出，目前遗产税尚未开征，许多人买房已登记在孩子的名下，社会上各种畸形现象日益显露，照此下去，遗产税就会失去它本身的意义。所以，“不收不合理，收高了也不合理。”

对他个人而言，遗产税的开征是件无所谓的事，“来到这个社会时是一无所有的，死后回报社会也是应该的。”他没有刻意地作出扩大经营的打算，一切顺其自然，“我还年轻，不用去想这个结果，实际上国外许多财团、公司的做法很规范，可供以后国内参考，家族式或股份式，到时我只需做一道选择题，而且社会不断变化，还会有新的做法，按部就班可以了。”至于国外富翁把遗

新生活风向标

产捐给社会，他认为是无可非议的："一生有几千万美元已不容易，而很多人只有几十万、几百万资产也会这样做。"

马先生回答记者"是否希望孩子继承自己的事业"时说了句："不一定。"

除了孩子的兴趣和能力外，他有所感慨的一点是：我们这一辈是创业者，做得太累，如果孩子是个设计师或律师可能更好，必要的是给他们良好的教育。

美国已故传媒巨子赫斯特(Randolph Hearst)逝世后，遗留给5名女儿的除了钱，还有一个忠告：享受人生。他生前立下遗嘱，要女儿们在一年内每人花光10万美元。问马先生对此怎么看。他说："赚回来的钱不是自己的，花出去的钱才是自己的。享受人生就是如此。"

财富在艺术中永存

访问对象：林 墉

著名画家

"只要还能眨一眨眼睛，我会分分钟把钱花掉。可以有一个预告：林墉不会留下多少钱，他会留下很多艺术品。"风趣的林墉幽了遗产税一默，"也许是我的知识模糊，但据我所知，艺术品如果作为遗产，怎么对它征税，还没有个结论。"

对于遗产，林墉给出一个定义：是人辛苦一辈子创造出来的财富的记录。他说在过去50年里，遗产是个被淡忘的东西，因为大多数人活着领着一份工资，工资仅仅够用，印象中一个人能有多少钱呢？也就是现在，它才成为话题。

“从另一个角度说，哪怕人多有能耐，他创造财富也大量借助了社会因素，甚至可以讲，个人遗产是社会创造的硕果。”由此，林墉说：“我没有创造过遗产，就算有，也很少，我会在生前把钱花在艺术上，让钱变成美好东西的媒体。”

在林墉墨色生香的私人住宅里，陈设挂列着匠心独具的各式木雕，桌几什物古旧精致。他说那些并不是什么珍奇古董，只是多年来从民间搜集的艺术品。在他的画院和潮州故居也存着许多这样的收藏品。

“我不会把钱当作空洞的东西，它是艺术品生存的基金，一有钱我立刻去创造或购买艺术品，它们太美了，太有价值了，我要让它们有生存下去的空间。苦恼的是，我没有很多钱，所以现在考虑的不是死了怎么办，钱留给谁，我想的是拥有，想的是怎么扩大我的遗产，怎么在活着的一天看到更多的艺术品，给它们好的归宿。”

而当遗产变成了艺术品，它就不像钱那样量化，它在别人眼中的价值也不同。“有的人可能认为是留下了一张张纸，有的认为是一张张画，而有的认为那是无价之宝。”谈到遗产税法在艺术品上征税的“空子”，林墉说他的私人珍藏如果在死后放在公众的地方，又怎么界定呢？这又是一个问题。

林墉是个很怀旧的人，他特别强调的一句是：“我时常对过去充满幻想，而对未来没有任何幻想。”他的祖上曾是清代宫廷里的官员，负责在潮州一带采购民间珍品，而林墉的故居——纪略黄公祠正是个雕檐画栋的古楼。在抗战时期,亲戚已将故居的主楼卖予他人,而今成了"古城办公室",祖业只剩一阙侧楼。每每忆起童年细数的青砖在今日残旧寥寥,他就有种难以言表的遗憾,这恐怕也是他要把毕生的财富投入到艺术生命中去的原因。

家族荣誉或发扬光大

访问对象:郭卓钊

广东康辉(集团)公司副总经理

"第一,继承家族荣誉;第二,把品牌做到最好。这是我一辈子要做的事。"郭先生是一个继承者,也是一个创业者,他的心愿是把企业当作事业来做,扩大经营投资。

他说社会大环境为企业发展提供了条件,而经营的扩大可以多创税收多作贡献,为社会造福。"这不是空话,我一直关心福利事业,捐出去的钱有几百万。"

"我的父亲把一个品牌从无做到有,从小做到大,很不容易,这是我们家族的自豪。从他那里继承的资产是我成长和发展的基石,是创业的一个阶梯,我们的品牌日益成熟,我更关心的是如何把路铺得越来越长,越走越宽广。如果将来我有几个孩子,希望其中一个孩子能继承家族的事业,一代代传下去,但下一辈是下一辈的事,还没有去考虑那么多。"

郭先生认为每个人有自己的人生观和世界观,孩子是愿意当艺术家还是经营者,他无法干预。他选择继承祖业,是从小就受到了这样的氛围感染，家族的荣誉感使他投入去做，与公司一起发展是他的理想。

超乎家族的是企业本身，他的父亲是法人，但公司已改为股份制，生生不息的事业是否由家族来继承视乎个人的能力，“如果孩子比我差，给他再多也没有用。”所以，扩大经营的同时，他也有可能搞合作，借助外人的力量对公司同样有益。“资产是无所谓的，把企业当事业来做。”

对于“三代无富翁”的说法，郭先生一笑置之。“这样说，到我已是第二代。我们创造的品牌既是家族的，也是社会的，如果孩子不能继承，我会把企业捐给社会，由好的经营者把它发扬光大。”

捐给中国教育吧

访问对象：赵国简

雅芳(中国)公司副总裁

年届40的赵先生说遗产税的开征对自己没有丝毫影响，“我不是创业者，我的特长使我更合适做一个很好的打工者，虽然很多朋友动员过我开办自己的企业，但我的事业心并不重，理财观念也差，怎么去花钱是没有想过的。我没有孩子，钱也用不了多少，以后会去做老师，把遗产捐给中国教育。”

他说目前国家还不发达，相对西方而言，国民教育素质还比较差，如果有钱人要把遗产捐给社会，教育事业是他们最应该关注的。

赵先生认为中国人的税制观念很薄弱,而传统的家庭色彩很浓重,大多数创业者在青少年时期生活并不富裕,很少乐趣,他们通过自己的奋斗创造了享受生活的条件，对遗产税的接受需要一个过程,也不排除一些人用各种方式去避税,如果不是违法的,也无可厚非。

但从三个角度来看,遗产税的开征都是件好事:第一,继承人会更明白钱不是自己赚来的,不过是从父母那里拿到了一笔钱,他要激发自己的创造能力,给自己的生活方式和道路重新定位;第二,有钱人的消费观念会逐渐改变,把钱用得更合理,国外富翁在生前把财产捐给社会公益事业已成风气，这对他们也会发生影响;第三,国家通过征收遗产税这个渠道,可以调节居民收入分配,对长远的制度建设也大有裨益。

对有钱人肯定有影响

访问对象:肖　明

佛山“一生伴”天然品有限公司总经理

肖先生很坦率地说:“开征遗产税作为调节贫富的手段,对老百姓是好事,对有钱人肯定有影响。”

一个直接的冲击就是经营上的计划,“我的资产不算很多,遗产税牵涉的时间也比较长,所以问题不大。可能的话我会扩大再投资，现在主要生产经营保健食品，以后也可能拓展到其他领域。具体的计划还没有，作为生意人，要分析市场，研究产品，再作出策略。”

他说，实际上，很多企业的老板，自身的物质消费比普通人高不了多少，在事业上付出的时间和精力却是一般人的好几倍。做生意还是大部分为社会，扩大再投资，也意味着给社会交更多的税。“一直以来，我就觉得自己不过是财富代保管者。”

不久前，在金钱至上的美国，120位最有钱的富翁竟然主动上书国会请愿，要求继续征收遗产税，造福穷人，而拥有280亿美元的巴菲特和拥有420亿美元的比尔·盖茨都表示死后要捐献出大部分财富。当记者问肖先生对此怎么看，他淡淡地说：“听其言，观其行，身后做到了才算数，许多富翁在世时就把大部分钱捐给社会了。”

那么肖先生以后是否会这样做？他说：“父母创业之后，肯定是希望孩子能继承，如果孩子能自己创业，不需要这笔钱，那就更好，捐给社会没问题！”

遗产税的开征直接影响到继承者所得的资产，培养孩子独立能力和创业精神也将是有钱人考虑的。肖先生有个儿子，今年20岁，刚上大学，学成之后，肖先生希望他到别的行业去打工，从低层做起，多吃点苦，才能体会父母创业的艰辛。

“每个家长都想给孩子比较优越的成长环境，但把钱都留给孩子不是件好事，给他基本的创业条件就足够了。”所以对于孩子，不管继不继承事业，只要对他、对家庭和社会有好处的选择，会尽量支持他去做。同时他很欣赏，国外许多孩子并不指望父母的财产，做什么都靠自己。

私人管家的哲学

邓 艾

“……一定得选最好的黄金地段，建就建最高档次的公寓，楼子里站一英式管家，戴假发，特绅士那种，业主一进门儿，甭管有事儿没事儿都得跟人家说：May I help you，sir？一口地道的英国伦敦腔儿，倍儿有面子……”

一个叫Jevons的管家

Jevons，中文名仰平，名字特别，名片也特别，因为在上面赫然写着“专职总管家”五个字。在上海以24小时贴身管家见长的瑞吉红塔大酒店，Jevons列于行政位置。

1991年入行做酒店管理，1996年赴新加坡进修，2000年回到上海，从此开始他的管家生涯。

Jevons初回上海时，发现自己在新加坡学的一切在这里可以用得上，感到很欣慰。上海有专职管家的出现，在他看来意义似乎超出了事件本身。因为它标志着这个城市的经济发展已经打造了这样一个市场——这里有需要管家的高消费人群。而现今的管家也决非简单的负责三餐和熨衣服，它需要更专业的技能和足够的经验。

在通常情况下，酒店的行政楼层才有管家服务。而在瑞吉红塔大酒店，任何一间客房——无论是总统套房还是普通标准间——都会有24小时管家服务，于是这里就有了40个管家的队伍。

让Jevons觉得富有挑战性的就在于此。它不再是单独的一项工作或是简单的一个部门。引入酒店24小时管家服务与只为某个家族服务的管家不同，最明显的差别是，私人管家属于一对一服务，而酒店的40位管家则分工负责酒店内的不同客人。这40位管家背后有一个阵容坚实的后勤单位支援（包括水电、保洁、安全、餐饮、健康等小组），听其指挥行动。在这里，管家和每个部门都有着"盘根错节"的关系，他必须时刻调动所需力量为客人服务。管家需要清楚他所负责的客人的状况，可以随时达成这位客户的近乎量身订做的要求。而客人在酒店的任何喜好、习惯都会做成档案，记入客史，以备客人下一次再入住时，一切都可以为其准备就绪。可以说，此时管家的意见是权威的。

住酒店的客人形形色色，要求都不一样，有的甚至完全超出你的想像范围。但无论多么挑剔，都需要竭尽全力去满足，很多只是理论上的东西，都得在现实生活中接受挑战。

第一位入住酒店总统套房的客人，就是美国冠群电脑的总裁——57岁的王嘉廉。他创办的CA公司以惊人的速度膨胀，现时已是全球第二大独立软件公司，世界 500 强企业中许多都是它的用户，而中国大型金融与电信机构用的企业管理软件也有许多出自CA门下。

王嘉廉在上海

王嘉廉创办的这家企业，年产值超过60亿美元。他的积极态度和行走如风，和他的豪华作风一样，给Jevons留下了深刻印象。王嘉廉出行，都是乘专机前往，来上海的时候，他永远住总统套房，永远有神秘面孔的保安相随左右。

在他眼里，最珍贵的东西只是时间，“善用你的时间！”成为他生活的准则，因此他对管家的要求就是：我不需要你的时候，你不要出现在我面前；我需要你的时候，你要立刻出现。

到酒店的第一次早餐，中式早点和西式早点都准备就绪了，王嘉廉却想吃大饼油条，原来王嘉廉是在1952年随家人离开上海远渡重洋，所以一直对大饼油条有感情。Jevons于是满街找大饼油条。然而，谁也不知道他明天又要吃什么，一切都处在变化中。

王嘉廉离开上海时，要求管家一直送他到自己专机下。回美后还打电话到酒店来找管家：把他在酒店喜欢吃的中国菜翻译成英文，传真到美国。

另外一对犹太夫妇也给Jevons出过难题。这对夫妇年龄不小，他们带的药就摆满了整整一桌，每天清理那张桌面就要花不少心思，因为桌面要打扫，而药瓶还不能摆错位置。

男主人要求，每天早上准点放一杯温开水在门口，但不可以敲门。Jevons想，老人弯腰取水是不是方便？如果他出来迟了，水温不对怎么办？最后几经商量，水放在餐车上，用保温杯盛着。此外，管家在客人看不见的地方盯着以防万一。后来，男主人迟了一刻钟出来取水，而管家在当中已经换过水了。

最省力的管家服务发生在春节。一个上海家庭包了5天的总统套房，每天在酒店的开销就是2万人民币，只不过他们丝毫没有用到特殊的管家服务。看来，国人要会用管家，还得花时间学。

事实上，酒店服务的提升与住店客人的素质有着千丝万缕的联系。好的住家会让中国酒店业在这个迅速膨胀的时期有个良好、客观和现实的磨合期。众所周知，酒店除了好的硬件设施和天然物产地理背景做支持外，服务品质更是不可忽略的。

私人俱乐部的私人哲学

北京长安俱乐部是出了名的有钱也未必能入会的地方。

所有申请入会的人员，俱乐部的理事会都需要仔细了解、核实其工作背景和个人爱好等情况。

私人会员制俱乐部在英国已有好几百年历史，许多人下班后都是先到俱乐部吃饭、喝酒。会员们之间很熟悉，而俱乐部就像他们的第二个家，是商务活动和私人活动的延续。

而在国内，私人会员俱乐部还是新生事物。在这里当然也会有管家，而且还必须让前来的会员找到家的感觉。

北京长安俱乐部的管家万吉伟，不是英国人，他出生在荷兰，现在是澳大利亚籍。到英国最好的酒店学习英式管家服务，一直是他年轻时心仪的事情，因为“对服务业有一种说不出的喜爱”。

至今，万吉伟还清晰地记得，自己在希尔顿酒店行政楼层做侍应生，第一天上班以为只要手勤、嘴勤、脚勤就行了。一位客人的行李送了上来，他接过来随着客人走进房间，然后放到屋里的空地上。带班的侍应生立即上前重新将行李提起来，问客人："您看放哪里合适？是否需要将生活用品拿出来……"

之后带班侍应生告诉他："行政楼层服务不仅是提行李，而且必须按照客人的要求摆放好，还要随时帮助客人订机票、接发传真等等。要不怎么能成为英式管家？"

1989年，万吉伟被所在的管理公司派到北京参与酒店的筹备工作。一天，他抽空去了趟动物园。当他把钱递进售票窗，售票员一边和同事说着话，一边撕了张门票看也没看就扔了过来。万吉伟很惊讶——售票员的服务怎么能这样？在欧洲，买票参观任何一个地方，工作人员都是认真地将票递交到购票人手中，并表示谢意。因为顾客花了钱理应享受到最好的服务。可是，当万吉伟回到酒店和中方工作人员谈及此事的时候，倒是中方工作人员对万吉伟的要求感到惊讶。

在长安俱乐部里，员工会很亲近地询问："您是按照平时喜欢的口味点，还是根据客人的喜好点？"几句话让他觉得很有面子。俱乐部的会员在会所进出都会听到服务生直呼姓氏的招呼，显得特别亲近和融洽。以至于有一位会员但凡有签约项目，一定选择在俱乐部进行，因为他觉得会所是他的幸运之地。

在万吉伟看来，会员制俱乐部面向的是优秀的商务人士、业主、高级白领。他们之所以在这里用餐、放松、谈判、宴请，是希望能够接触到和自己等同水平的人士，有机会拓展商机。因此，俱乐部会所的管理者必须维护这种私人化的方向，这也是管家的职责所在。

然而,服务意识的差距,会使顶级私人会员制的发展需要相当长的成熟时间。中国尚存在着职业高低贵贱之间的壁垒,很多人都会自然不自然地选择一份看起来体面的工作，而不是以自己能自食其力为荣。做服务行业不体面的这种观念,导致了我们服务意识低下的局面。

国际管家学院的创办人罗伯特·温尼坎斯先生，唯一一位服务过五位美国总统(尼克松、卡特、里根、布什、克林顿)的管家,他在深圳招生的标准中，第一条就是——强调他们的性格和态度,这比技能更重要!

身份在细节背后

毫无疑问,中国的富裕阶层正在不断扩大,越来越多的家庭将开始需要管家服务。而另一方面,引入现代物业管理新模式的愿望也显得相当迫切。

管家可以看作是传统物业管理模式的传承和延伸。在常规物业管理的基础上提供个性化服务，业主的一切非隐私事务都可以交给管家打理。管家是具有物业经理职能的高级服务人员,负责领导和协调公寓内的保安、保洁、维修、接待等工作,主要任务是使业主生活得更舒畅。在传统物业管理模式下,业主可能要联系不同的部门来协调解决问题,而有了这类管家,只要找到他就可以让所有问题迎刃而解。

正因如此,“管家式服务”才会成为豪宅和高级酒店公寓的一大卖点。

还在2001年时,北京和乔丽晶公寓送往荷兰国际管家学院的6名管家毕业归来,曾引起一度轰动,轰动的原因是大家都想看看这6个管家带回了什么——

敲门。很简单的动作,但也有规矩。早上起来,管家要进主人的卧室,门要轻敲3下,如果里面没有回应,心里默数10下,再敲。如果还没有回应, 就可以直接推门进去了。没有默数就进门不对,敲门声音太响不对,每次敲的多于3下也不对。如果推门进去后主人不便见(比如没穿好衣服),那就需要马上退出;但如果有紧急情况,即使主人让管家出去,管家也要坚持进去告诉主人发生了什么事。

至于熨报纸,则更能体现管家服务的地道。熨报纸可以杀灭上面的病菌,同时可以让未吃进纸张里的油墨充分干透,以防主人读报时弄黑了手指。熨报纸要熨封面和封底的版,还要熨主人常看的版面(比如男主人的财经版和女主人的购物版)。当然,熨报纸要用专门的熨斗。

细节还有很多,比如擦鞋子必须刷鞋线、擦鞋底和鞋跟交接处的皮子,如果做到鞋带都解下来,擦好鞋舌部分,并用鞋油擦过鞋带,擦净浮油,再穿好鞋带,这样的管家,定能让人刮目。

一个称职的管家不仅要知道如何上菜、如何撤盘、如何倒酒……甚至还要记得主人上月宴请的菜单, 提醒女主人哪位客人对三文鱼过敏,客人穿的什么衣服、戴的什么首饰,对什么样的客人该做什么样的宴会。

每个细节都要记得，当同样的客人再来，如果管家对他说，您上次穿的晚礼服真漂亮，客人一定会非常感动。当然，主人也会更有身份。

附录：

英式管家

英式管家出现的早期——大约是在中世纪的时候，只有英国和法国的王室家庭或世袭的贵族和有爵位的名门才有资格正式雇佣，即便是再有钱的普通人也不被允许聘用英式管家。

这种奢华生活的标志，尤其是在欧洲大约有六七百年的历史，几乎已经成了家政服务领域的经典名词。

英式管家其实起源于法国，只是由于在英国完善了服务理念，各方面的传统也烙有明显的英国印记，因此才被冠以“英式”二字，之后传到美、德。

英式管家的职责并非像保姆那样只需拾掇家务琐事，而是要负责家庭生活的方方面面。

英式管家的角色是多元化的，而且自身要有极高的素质、丰富的生活智能与专业素养，高级的还需要上知天文、下知地理。

对于购物、家庭理财、洗熨衣物、接待客人、准备晚宴、房屋维修、整理园艺、与外界商家联系等工作均是管家安排监督，以期达到最佳效果。

优秀的英式管家不仅深得主人的信任与倚重，甚至成为家庭中的一员，事无巨细，均由管家打理。

不过,随着时间的推移,渐渐地,有钱人家被获准聘请英式管家。在美国和德国,一些英式管家被注入了全新的理念,可以帮助主人管理财务甚至打理公司业务。

盛产管家的荷兰国际管家学院 (International Butler Academy),在国际管家界算得上如雷贯耳。

它的校址设在荷兰Huis De Voorst的古堡里。这座古堡建于1695年,曾是荷兰皇室出猎暂住的行宫,也是当今荷兰女皇的祖母去世之前一直居住的地方。学校的创办人Wennekes先生是国际管家协会的主席。

RUE LEPIC
HUDSON'S BAY COMPANY
City life

新生活风向标

第四辑

自游自在

双城记

七万老外『战』上海

三国志

罗讷-阿尔卑斯的感官三重奏

约会波罗的海的女儿——走进芬兰

山海经

在最冷的季节，朝拜最美的雪山

一个人的海岛

在岛上，快乐没有终结

七万老外“战”上海

贾维琰　雍　和

当上海人的生活方式越来越国际化的时候，最终，你会很难看出一个外国人和一个年轻的上海高级白领———他们在生活上有多少显著的区别。

上海爱德曼公关公司总经理，法国人。他在租住的房子中为暖壶添水。

荷兰人与他的女友，在上海衡山路酒吧看世界杯足球赛。

在上海客串演戏的美国人蔡满寿，他正在过29岁生日。

这些老外是上海顶层画廊的老主顾。

上海市民每年一度的国际马拉松比赛，其中一队均为外籍人士。

淮海路上某家健身房请来了美国人当教练。

上海大约有7万外国人

1988年，湖北江陵市，一个外国人从长途汽车站走出来。

“我要找我的一个朋友，”外国人用夹生的中国话对一个三轮车夫说，“他在这里的学校里做英语老师。”

“我们这里有好几所学校，你说的是哪一个？”

“我不知道。我的朋友是美国人。”

三轮车夫恍然大悟：“我知道！我知道！这个老外一定是来找那个老外的！”

三轮车停在荆州师专的门口，门房里的老大爷一看到外国人就确定地说：“你是来找杜瑞璞的。”

杜瑞璞(Robert Dodds)是江陵的名人，他最大的特征是：老外。

刚刚大学毕业时，杜瑞璞向美国“普林斯顿在亚洲”基金会申请到中国当一年英语老师。他特别要求要到小城市或者农村去：“因为我希望更多地了解中国。”杜瑞璞说。

在江陵呆了一年，杜瑞璞那一口江陵普通话使他成了中国朋友取笑的对象，“有一次，我在武汉火车站，很急，要去厕所。我用中国话问了好几个人，厕所在哪里？他们都对我摇头说，听不懂英语。”

10年以后，杜瑞璞从北京辗转到上海。这时，他已经能说一口标准流利的普通话。他现在是中国国际金融有限公司投资银行部的副总经理。这个由美国摩根士丹利与中国建行合资的公司，是中国第一个、也是目前唯一的中外合资投资银行。

——就这样，一个老外基于他个人的原因来到中国，最后又因为工作落脚上海。

有一项数据表明，在上海像杜瑞璞这样的外国人大约有7万，他们分布在跨国公司及上海近2万家外商投资企业里，主要是企业的中层以上管理人员。

外国人在上海干什么？

比利时人魏凯玲（Katelijn Verstraete）也是这7万外国人中的一员。不过，她的职业可能要比大多数在上海的外国人复杂得多。白天，她穿着职业装，是德国汉高上海分公司的市场部总监；晚上，她是说话时把脚搭在桌子上的艺术青年。

魏凯玲和意大利人乐大豆、中国艺术家黄渊清一起开的艺术交流公司，叫作比翼（BIZART）。

“从文化上来说，北京要比上海更发达。上海有很好的硬件，有许多官方组织的文化活动，但民间文化没有活力和市场。而北京有很多地下艺术，如果不是圈内的人，可能你根本无法知道这些事件的发生。”魏凯玲这样比较上海与北京。

“如果没有BIZART，我一定不会来上海。”以前呆在北京的魏凯玲说，“正因为上海民间文化的发展不够普遍，所以它会有更大的空间。而亲身参与一个城市在文化上的发展变化，这会是一件很有趣的事。”

BIZART是现在上海的中外艺术青年聚集的地方，活动总是安排得满满的。当魏凯玲的脚搭在桌子上晃来晃去时，BIZART的大厅里，6支上海的摇滚乐队正声嘶力竭、轮番上阵。

老外做自由摄影师

震耳欲聋的音乐传到BIZART在三楼的另一间展厅，德国自由摄影师赛风(Jan Siefk e)正在安静地准备他几天后开幕的摄影展——《从这里看世界》。

这个展览是由德国驻沪领事馆支持的。事实上，领事馆所提供的资金很少，更多的是精神上的支持。而且，如果有领事馆作后盾，艺术家更容易为活动找到赞助。

冲洗照片、印宣传材料、联系赞助，赛风为了筹备这个影展已经忙活了几个月。而为了拍这些照片，他在上海已经呆了两年。从1999年到现在，赛风大部分的业余时间都是骑着自行车在这个城市里逛来逛去，随时准备捕捉类似于一群金鲤鱼挤在一起的画面。

赛风不愿意用画框把照片框起来，他弄来一堆铁板和木料，蹲在地上敲敲打打。一幅幅大照片已经按次序排列好靠在墙角。在赛风眼里，这些独立的照片之间是有某种逻辑关系的。

自由摄影师的收入很不稳定，赛风主要的经济来源是为上海的外国公司做一些零散的摄影工作。赛风知道：和在上海的大部分外国人相比，他是个穷人。

老外做自由职业者

同样是自由职业者的宋志华是泰国人，他是一名自由高尔夫球教练。宋志华每个星期有三天教人打球,他的学生都是周围的朋友。

虽然宋志华的收入不多,但却不影响他在上海的生活,“幸运的是,我们不必为赚钱而工作。”在一家公关公司里作高层管理人员的宋太太周建平说。

宋志华解释说,宋太太是香港人,“我们是到上海来组织一个新家庭的。结婚时我们就决定,要到泰国和香港之外的第三地去生活。因为我太太的工作很忙,如果我还是做酒店工作,人家放假,我在加班,那我两个人在一起的时间就会很少,这对我们的婚姻是不利的。”

在曼谷,宋志华一直在五星级酒店里作销售,凭借20多年的酒店工作经验,想要在上海找到一份收入不菲的工作并不难,但他却把自己的业余爱好当成了工作。

一个男人为了家庭和爱情而放弃个人事业的发展,在许多人眼里,这是颇难理解的。

老外做时尚买手

时尚买手黄黛如(Lisa Ng)的职业对很多中国人来说还有些新鲜。

像宋志华一样,马来西亚人黄黛如是随着丈夫的工作到上海的,但她没有放弃工作。和他们一样作为家属而来到上海的外国人也有很多。

除了在中国各地跑来跑去,黄黛如每年还要三次到欧洲去订货。

“因为一个品牌每季都会推出很多新款式，每种款式有不同的颜色和号码。哪些款式和颜色会更符合中国人的审美观，哪些尺寸适合中国人的身材，这一定要深知本地市场的人才能判断。这种职业称为时尚买手。”黄黛如这样解释她的职业名称的由来。

每次订货，黄黛如都会带一个上海公司里的女同事，她的目的很明确，要把她们培养成成熟的时尚买手，“我希望有一天我离开上海的公司时，我店里的女孩子们可以接替我今天的工作。”

黄黛如现在是香港俊思公司中国区的副总经理，这家公司代理了近10个全球知名的时尚品牌，FERRAGAMO、AIGNER、GUCCI等等。她负责这些品牌在全中国订货、市场销售、公关以及开新店。

老外创“新天地”风情

当黄黛如忙于把世界时尚的潮流引进中国时，澳大利亚人安东尼(Anthony Xavier Edwards)却躲在“新天地”他的小店里演绎东方风情。

安东尼用他自己的名字——XAVIER命名了自己的小店。

店里所有的东西都是他自己设计的，用的材料都是百分之一百的中国货。他在所有物品的标牌上写着“proudly made in China”，而不是“made in China”。

安东尼设计的服装非常宽松，大量地使用丝绸、羽毛、骨头等材料。上面有许多中国元素——譬如前襟绣的许多小花。而他设计的台灯,在底座上还站着一个穿着清朝官服的陶瓷小人。

安东尼一个人住在上海,他每天10点钟坐地铁到“新天地”的服装店来上班,处理公司的业务。他很乐意向每一位顾客介绍自己的作品:服装、拎包、披巾、台灯、小桌,并对每一位顾客骄傲地提起他的proudly made in China。

开这家店之前,安东尼主要是接受一些公司的订单。他最得意的事情——

上海举行财富500强论坛时,上海国际会议中心的餐巾、桌布都是他设计的。

事实上,今天在上海的老外们要比我们想像中的现实许多。南斯拉夫人亚历山大(Aleksandar Valok)是复旦大学的学生,他在校园里被星探发现,从此就成了兼职的摄影模特和演员。亚历山大非常喜爱这份工作,他颇为敬业,为了到浙江义乌拍一个广告,他会在半夜三点钟爬起床赶去搭火车。

老外开餐馆

上海有来自全世界各地的餐馆。

上海的餐饮和酒吧等饮食业娱乐业都有大量的外国人介入。有一项统计表明,上海现有300多家外国人开的餐馆,而这个数字正以年均30%左右的速度递增。

此外,由中国人开的外国餐馆也为数不少。

在上海,只简单地说西餐已经显得太外行了。衡山路上的一幢白房子——

BOURBONSTREET的特色是美国新奥尔良菜,也就是带有法国口味的美国菜,专业程度可想而知。

老外买房子

几年前,在上海的外国人大都先是聚居在一两栋大楼,后来是住在像古北这样的几个小区里。而今天,越来越多的外国人分散在这座城市的各个角落。

在汾阳路普希金纪念像后面有一幢建于上世纪二三十年代的红色三层小楼,杜瑞璞的家就在那里。他对这套房子非常满意:很安静,去衡山路、淮海路,散步就可以到。杜瑞璞最喜欢向人介绍的是,离自已家不远处的那幢楼里曾住过蒋介石,另一幢住过宋美龄。

当初为了找到这套房子,杜瑞璞和他的日本太太费了好大一番周折。"我们看过许多老房子,房子都很好,但是装修得很糟糕。而这套房子的好处是它还没有被重新装修。我们和房东商量,可以付和新房子一样高的租金,但要按我们的要求装修。"

当宋志华和太太告诉朋友们自已在虹口买了房子时,几乎所有听说的人都会追问一句:"虹口还是虹桥?"

"他们在问的时候就已经把我们划到虹桥的那个范围里去了。"宋志华说,

"一般大家都认为虹口是本地人住的地方,而我们是应该住在虹桥的。但我觉得住虹口或者住虹桥完全无所谓。界限是别人

定的,不是我们自己。"

宋志华夫妻的新家是高层住宅最顶层的一套复式公寓,带一个大露台。他们买房子的理由也很简单,这套房子只售不租,所以就买下来了。但买房子不等于要在这里长住下去,"离开中国的时候房子可以再卖掉。"宋志华说。

老外的生活内容

晚上下班以后,安东尼和朋友一起吃饭,或者去酒吧、DISCO。安东尼爷爷喜欢蹦迪,虽然他把自己的年龄当作秘密不肯泄露,但提起他远在澳大利亚的三个孙子、孙女,老头还是显得很兴奋。

更多的时候,安东尼会回家看电视,他喜欢看中国的电视。这段日子,老头正在迷恋古装武打片。安东尼对汉语既不会说也不会听,他完全是通过画面来判断故事的情节。"电视里除了语言,还会有人的表情、动作、场景,通过这些我也能大概知道他们在干什么。"安东尼说。

工作、吃饭、睡觉、和朋友见面、泡酒吧,这些是安东尼在上海生活的几个主要项目,大部分在上海的外国人的日常生活也不外如是。

老外的朋友

虽然房子是买在虹口,但在平日的交往中,宋志华夫妇却和本地人界限分明。“我们的朋友圈子里几乎没有中国人。”宋志华解释说，自己并没有刻意排斥和上海人交往，只是平时社交活动中接触的都是和自己的背景差不多的人。

与宋志华夫妇没有中国朋友正好相反，杜瑞璞说自己的朋友几乎全是中国人。

“我不喜欢和那些短期在中国的老外在一起，”杜瑞璞说，“我在这里已经很多年，我认识的大多数外国人都是短期到中国来，他们走了一批又来了一批，不停地在换，到最后是什么也没留下。现在我的好朋友中只有一个是美国人，他也是在中国呆了十几年的——其他的朋友全都是中国人。”

老外的恋爱方式

在一个城市里短期居住的状态，不仅决定了朋友间的友情，也派生出一种恋爱方式。

吕碧(NUBE)家居公司的陈狄志(Robert Chan)在上海有好几年的时间，对此颇有体会。他说：“因为大多数的外国人在上海都是短期的，一两年甚至几个月，许多人和中国女孩谈恋爱并没有抱着认真的态度。等他们回国，这种关系也就结束了。不过那些女孩子也是有问题的，她们中间有很多人也只是想出国，要利用这个外国人。我看到这种事情发生得太多了：一出国后就马上离婚，然后大家各顾各的，都没有关系了。”

事实上，上海女孩的国际声誉有点那个(不知怎么形容)，有一位美国人曾经说：“在我来中国之前，我所有的朋友——中国人和美国人——都告诉我：不要和上海女孩谈恋爱，你只是她们的飞机票。”

对周围和中国女孩谈恋爱的外国人，陈狄志有一个估计：“在我看，真真正正地恋爱，两个人很有感情的，可能只有1/10，甚至1/15。”

老外1/15的机遇

陈狄志和他的上海女朋友就是1/15中的一对。他们是几年前在上海的一个小酒吧里认识的，那是陈狄志第一次到上海。

“第二次我到上海，不知道为什么还会去那里。可能潜意识中我是想再遇到她吧。”陈狄志说。他果真在同一间酒吧里遇见了那个女孩。于是，那个上海女孩成了他的女朋友。

第三次来上海，陈狄志已经大学毕业，并且在香港有了固定的工作。“我到上海后把东西往房间地上一扔，就到那个酒吧去。在去酒吧的路上，我看到一个女孩子正从对面走过来——正是她！”

现在，这个上海女孩不单是陈狄志的恋人，还是他最好的朋友和生意上的合作伙伴，吕碧家居公司就是他们两个和另一个美国朋友合伙开的。

当上海人的生活方式越来越国际化的时候，最终，你会很难看出一个外国人和一个年轻的上海高级白领的生活有多少显著的区别。

老外喜欢上海吗?

在赛风的一些图片中,上海是一个空间被各种事物充塞着、没有空隙的城市。"从这些照片反映出上海要跻身世界大都市之列的强烈愿望和梦想。在上海,每一个角落都参与拟订未来的蓝图。"赛风说。

有一项数据认为,一个国际性大都市,其常住的外国人一般占到总人口的5%以上。而上海目前的比例还不到1%。

据统计,现在常年在上海的外国人在10万以上。而在20世纪40年代,常住上海的外国人最多的时候是15万人,但到70年代末,这个数字曾一度减少到700人。

上海现在已经能为外国人提供大量的就职机会。外国人一般通过两种渠道获得工作:从国外派驻,或者在中国直接招聘。通常前一种人的薪水会更高。

但现在各个跨国公司都努力减少外派人员的数目,而趋向于在中国本土招聘一些正在找工作的外国人。这些人更了解中国当地市场,而且也不必支付额外的费用。

根据零点公司在北京以街头拦截方式进行的一项调查,有57.4%的外国人表示,最喜欢的中国城市是北京,而喜欢上海的外国人只占9.9%。

考虑调查实施地点的问题——一来是因为被访问者喜欢北京才会呆在北京;二来不排除外国人也会见什么人说什么话。所以,如果这个调查换在上海做的话,喜欢上海的人应该要比这个数字多些。对外国人来说，上海也许不是中国最有文化吸引力的城市，但这里仍然是他们在中国工作和生活的最理想的地方，国际化的多元的背景使上海和中国的其他地方很不一样。

上海人的生活方式、城市的格局和硬件都在朝着国际化的方向发展。甚至有许多外国人会认为，上海并不代表中国。

在上海创业的外国人也许不会在此地永久居留。譬如吕碧家居公司，他们正处在上升的阶段，准备在北京、温州、福州等地再开分店。但陈狄志的理想却是："再工作10年，把现在所有的东西都卖掉，到别的地方，比如是法国、瑞士，找一个很美的地方，买一幢小别墅，有山有海滩，和我的女朋友一起生活。"

罗讷-阿尔卑斯的感官三重奏

杨晓春

好吧,现在让我们忘掉巴黎。

每年,近百万计的中国游客涌入法国,他们绝大部分都会参观巴黎,对于他们来说,法国就是巴黎。

而法国当然不仅仅是巴黎。法国之所以能成为全世界最受欢迎的旅游目的地国家,在于法国风情的多样性:在相对较小的国土面积上,法国有着令人难以置信的多样的地貌、风情、美食和文化。

中南部的罗讷-阿尔卑斯大区(Rhone-Alps),好比是法国的缩影:在一个面积不大的地区,有着特别丰富多彩的地貌和风情。

在这块面积和瑞士差不多大的土地上,有广阔复杂的阿尔卑斯山、法国最大的湖泊、著名的葡萄酒庄、无数充满魅力的城市和滑雪度假胜地,这里还是法国最著名的美食之乡——在法国,米其林餐饮指南评级的三星级大厨只有区区十几位,而罗讷-阿尔卑斯大区就占了4个。更不用说,这里还有奇诡莫测的地下岩洞,无数迷人的中世纪小山城,以及夏季的普罗旺斯山区的典型风景——大片紫色的熏衣草在风中摇曳。还有到处可见的中世纪城堡，和被列为联合国文化遗产的大片充满历史风韵的古旧小巷和建筑。

其实罗讷-阿尔卑斯大区是全法仅次于蔚蓝海岸(Coted'Azur)的最受欢迎的旅行目的地。每年有3000万游客来到这里,体验悠闲、美食和美丽的自然风貌。加上这里位于法国、瑞士、意大利三国的交界处，也是巴黎和蔚蓝海岸之间的必经之地。从位于该大区的霞暮尼出发,经过勃朗峰隧道,另一端的出口就是意大利了。迷人风情加上地处要冲，这里实在是法国最具吸引力的地区之一。

视觉的盛宴

回想起造访罗讷-阿尔卑斯大区的那些日夜,好像浓烈得要闭上眼睛才能仔细回想——整个大区有如一盘多彩的调料。眼睛总是感觉不够用,窗外的风光,光线的变换,满山的花朵,阿尔卑斯的雪峰时刻变幻的颜色,始终在牵动你的视线。

罗讷-阿尔卑斯大区的色彩随季节变换而不断更替,但是每季都有自己迷人的风格。怪不得法国作家拉马丹(Lamartine)在面对罗讷河谷地的壮丽山景时，会对如此美妙的一刻发出浮士德般的感叹和请求:“时间啊,请收起你的羽翼,而仁慈的光阴,请你停留吧。”

绿：从巴黎坐TGV出发到罗讷-阿尔卑斯大区的首府里昂

(Lyon)，进入大区第一站就会到达法国著名的酒乡——薄酒莱地区(Beaujolais)的重镇马贡(Macon)。夏天的时候,葡萄园都是满眼绿色,而缓慢起伏的绿色山坡上,有赭黄色的房子和红坡屋顶,静谧的葡萄酒乡在缓坡上次第出现。开着车沿乡野小路走,美轮美奂的风光会不时涌至眼前。有一张照片是开车沿着罗讷河谷地南下时拍的,我们经过L'Ardeche的一条小路,是罗讷-阿尔卑斯南部很常见的那种令人心醉的梧桐林荫道，这里是进入普罗旺斯山区的必经之地。车里播放的法兰西音乐,还有不断扑面而来的绿色,是记忆中的浓烈色彩。

另外的绿色,是乡间的餐馆——桌布是嫩绿的,还有院子里漆成绿色的秋千。这些都是印象中留下的薄酒莱产酒区的色彩。在山野餐厅吃饭,阳光明媚,远处的绿野便是饭后甜点的最好配饰。

而夏季的古歇威尔(Courchevel)和梅杰夫(Megeve)则是一派典型的阿尔卑斯山区景象,绿色的山坡上开满野花,远处,白雪皑皑的阿尔卑斯诸峰给人们带来清凉的感觉。在罗讷-阿尔卑斯,有些地方,夏季也可以滑雪。当然,在夏天,阿尔卑斯最流行的运动是健行远足以及山地自行车,还有攀岩、滑翔伞等运动。这里是绿色和环保运动的天堂。

白:远远望去就让人心境纯净的阿尔卑斯山,微微泛金的白葡萄酒的液体,高山上成长的白色雪莲,还有本地区出产的全法最多种多样的奶酪……这些都是罗讷-阿尔卑斯的重要色调:白色。

这里是法国乃至全欧洲的滑雪胜地：格勒诺伯尔(Grenoble)、古歇威尔（Courchevel)、霞暮尼（Charmonix)、梅杰夫(Megeve),都是滑雪爱好者的心头之好。本地区也曾举办过三届冬季奥运会。

滑雪设施精良不消说,古歇威尔还拥有世界上面积最大的滑雪场之一,很多人专门从世界各地赶来滑雪——我就曾在此和一个从伦敦开着自己直升机来滑雪的老兄好一通聊。暮色降临的时刻,这个阿尔卑斯山深处的小村子,灯火通明,白色的雪山变成了暗蓝色天幕里的布景。

罗讷-阿尔卑斯出产的奶酪多达100种以上，数量居全法之冠。阿尔卑斯山山区发达的传统畜牧业从来就是法国奶酪的强力基础,该区人民对美食的追求也是让人印象深刻的一大传统。我始终记得在梅杰夫的一家乡村餐厅里尝过的美味的萨伏伊干酪(Tommesde Savoie),当然,到了冬季,萨伏伊(Savoy)的奶酪火锅(Fondue Savoyarde)更是让人温暖的回忆。

罗讷河谷地的酒庄和大的葡萄酒批发商往往都有着悠久的历史,此地令人印象深刻的除了白葡萄酒,还有令人惊讶的精致生活方式。在这里,参观酒庄本身就是一件非常有意思的事情。比如Paul Jaboulet Aine酒庄的储酒地，居然是一个巨大无比的岩洞,二战的时候还当过德军的弹药库。

红:罗讷-阿尔卑斯大区的两个主要产酒区,除了罗讷河谷地(Vignoble Cotesdu Rhone),还有薄酒莱(Beaujolais),出产法国最受欢迎、销量也最好的高级红酒。

薄酒莱(Beaujolais)的红酒多用Gamay葡萄酿制,所产的酒,色泽比较丰厚、润泽,仿若成色各异的红宝石。偏好味道比较浓烈的，可以选择薄酒莱的几家法定产区酒庄出产的酒，比如Moulin-a-Vent，还有Morgon，以及Julienas。

薄酒莱，光从名字上就已经带出美丽富饶的联想——Beau是“漂亮”之意，而“Joli”也是“美好、美丽”的意思。薄酒莱地区另外的迷人之处，是这里的一些红色的美丽村庄，房子是用当地的红色黏土做的外墙，夕阳西下的时候，在绿色的葡萄园里，完全是一幅图画。

每年11月的第3个星期四，薄酒莱新酒（Beaujolais Nouveau）的发布是一件全球性的大事。在新酒发布前的一天夜里，葡萄酒界的名人们，还有来自世界各地的媒体记者，便在大酒商Duboeuf的酒库里济济一堂，等着午夜的到来。来自世界各地的富豪们的专用卡车甚至私人飞机都已经等在门口，准备及时运送第一瓶当年的新酒。薄酒莱的人们，懂得把生活过成一种艺术。

把生活过成一种艺术的还有里昂的人们。里昂著名的歌剧院（Operade Lyon），是一栋结合新古典风格和现代概念的建筑。非常有趣的设计是——运用红外线传感器，它的玻璃屋顶的红光会根据当晚观众人数的多寡而调整，所以每逢著名的歌剧上演，剧院里济济一堂时，从外面看它的玻璃屋顶就是非常浓烈的红，那是里昂暗夜里最醒目的颜色。

而在每年冬季的里昂灯光节期间，来自全球的视觉艺术家们会让里昂所有的建筑物陷入各种迷幻的灯色之中。在某一刻，你会明白为什么出生此地的圣苏佩里（Antoinede Saint Exupery）会写下多少年来打动了无数人心的《小王子》。

里昂是欧洲的丝绸之都。著名的爱马仕（Hermes）原来就是此地的品牌。而在里昂著名的丝绸博物馆里，人们能欣赏到卡诺瓦家族(Canova)丝绸织品的各种优雅的红色。

关于红色的回忆，还有是在梅杰夫的阿尔卑斯小屋阳台上远看的日落余晖。想起小王子，在生命中苦闷的时候会专注地看日落。“一天，我看见过43次日落。”小王子这么说。我希望我也可以每天看一次这么壮美的日落。

蓝：雪山，一天有一半的时间是蓝色的；湖泊，全天都是蓝色的。在罗讷-阿尔卑斯南部的L'Ardeche河谷，这个通往普罗旺斯的门户，鸢尾花总是在阳光明媚的时候开放——是凡高画笔下的鸢尾花，它的神秘蓝色，接近于夏天在这里盛开的熏衣草的紫色。

罗讷-阿尔卑斯的蓝，还有精致得让人爱不释手的梅龙那陶器的那种纯净的蓝。这里的陶器，色彩鲜艳浓烈，如果没有到过法国南部，你可能很难理解。

在阿尔卑斯山区，有的湖泊是用来让人惊叹的。不用说，罗讷-阿尔卑斯大区里有法国最大的湖泊莱蒙湖(Lac Leman，即日内瓦湖)，另外的好些湖泊也可以始终放在记忆里好好珍藏，比如安锡湖(Lacd' Annecy)，再比如布歇湖(Lacdu Bourget)。

而在这些蓝色湖泊的周边，是一些珍珠一样的城市。比如，安锡(Annecy)，始终位列全法国最美丽的城市之列，法国人说，它是“天使居住的城市”。安锡湖安静而秀丽，水色在不同浓度的蓝色之间变换。纯净的安锡湖水顺着堤坞运河流淌在老城区之间，夏天的时候，开满鲜花的两岸有着无数的露天咖啡座。远处的阿尔卑斯山倒映在安锡湖中，空气如此清新透明，运河里的水在缓缓地流动——欢迎来到阿尔卑斯的威尼斯。

我从不同国家的不同城镇都看过莱蒙湖，洛桑、日内瓦、维薇，但是好像都没有安锡湖的小巧安静那样令人难忘——安锡湖，是黄昏时情人桥上的美丽人们，是所有在湖畔静静发呆的悠闲时光。

倾听自然的天籁

罗讷-阿尔卑斯是盛产音乐家的地方，这一点毫无疑问。柏辽兹，便是出生于格勒诺伯尔（Grenoble）的科特圣安德烈(Le Cote Saint Andre)；而马斯奈(Massenet)，是罗讷-阿尔卑斯美丽的小城Saint Etienne的儿子。

一定是这里时而壮阔时而静谧的天地赋予人们音乐的灵感。

这里的壮美山水，还有这里的气息。如何来描述这里的气息呢——

也许旋律是个很好的介质。每一个地区的气息都可以有自己的旋律，都不一样：阿尔卑斯有阿尔卑斯壮美雄伟的旋律，而L'Ardeche河谷，有着阳光灿烂、纯净温暖的旋律。而我想，像Saint Etienne这样美丽的小城，只能用马斯奈的《沉思》来描述。这里是适合让人静思的地方。安静的，小小的城。人们都很朴实，甚至还有点羞涩。放学的时候，穿红衣的孩子在市政厅广场上的喷泉中间穿来穿去。

我们的车在从格勒诺伯尔（Grenoble）去古歇威尔(Courchevel)的山路上。随着海拔的上升，慢慢地我们进入了阿尔卑斯山区。远处的雪山时隐时现。一切的景色,和留下刻骨回忆的西藏波密这么相像。我们禁不住唱起了大学时代一个同学谱写的《长铗归来乎》——这首我们接头暗号一样的歌。歌声在车里回荡,好像又回到了多年前图书馆前的草坪,还有毕业时刻的川藏线……

在罗讷-阿尔卑斯,耳朵不仅仅是为了著名的里昂交响乐团和里昂歌剧院而激动的。事实上,如果它自己有独立的生命,它会非常好奇和感动地倾听大自然的每一个细微的声响。

夏天,风穿过薄酒莱地区满眼皆绿的葡萄田,葡萄叶子发出细细的声响。如果这个时候,你正在一家著名的乡村餐馆比如Les Platanesde Chenas的室外平台上,微风也会吹过你面前的饭后咖啡的杯子的缝隙,让你感受到难以言说的悠闲适意。

而在安锡,早上起来沿着湖岸跑步的时候,鸟鸣声和湖水微微拍打岸边的声音是另外一种天籁。这个时候,第一缕阳光照在对面的雪山上,把雪山染成微微的红色,湖面上的雪山倒影是摇曳不停的一个淡淡的色块。如果色彩会谱曲,那么整个多姿多彩的罗讷-阿尔卑斯就是一首《幻想交响曲》(Symphonie Fantastique)。

——《幻想交响曲》,对,这是合适的表述。赫克托-柏辽兹彼时对于英国女演员Harriet Smithson的狂野爱恋,和他一直想要表达的故乡壮美而沉静的气质交织在一起,成就了音乐史上极为独特的风格。他的音乐里有很多旁人看来互相冲突的地方。如果你自己来到罗讷-阿尔卑斯,你会从心灵上理解他的激情从何而来。

进入法国美食之乡

所有将厨师作为职业发展道路的人都应该羡慕法国人。

在法国,厨师在民众中享有电影明星般的荣耀和名声。名厨受到无数法国人的崇拜。

全法最有名的厨师大多在罗讷-阿尔卑斯,比如最有名的保罗-博古斯(Paul Bocuse),让-保罗-拉贡贝(Jean Paul Lacombe),皮艾尔欧西 (Pierre Orsi),克里斯蒂安-德德铎 (Christian Tetedoie),菲力普-沙文(Philippe Chavent),这些属于里昂的名字都是在全法国鼎鼎有名的。

而在罗讷-阿尔卑斯其他地区,比如古歇威尔(Courchevel)和梅杰夫(Megeve),位列米其林星级的餐厅也比比皆是。

里昂作为罗讷-阿尔卑斯大区的首府,是整个欧洲无可争议的美食之都。除了城中不计其数的大牌饭馆外,里昂的风味小饭馆(Bouchon)是体味里昂的最地道的方式。这里的红酒焖仔鸡、特色猪脚等都让我们感觉得到里昂人民以饮食为宗教的生活方式。

自然,在真正的Bouchon店里,你可以品尝到地道的里昂美食。这里绝不是让人正襟危坐的高级餐厅,餐具、桌椅都带着家常风味,老板经常亲自跑前跑后,一看就是当地的家常风味,东西好吃,分量够大,酒也很好。你和邻桌坐得很近,举手投足,觥筹交错之间自有融融暖意。

高级餐厅在这个大区自然有很多,事实上,这是法国境内米其林指南里星级餐厅最多的地方,我自然乐得在其中大快朵颐。

当然，除此之外，仍然有很多乡村小餐馆让人回味无穷。最美妙的回忆是在L'Ardeche的一家乡村餐厅。L'Ardeche本身是进入普罗旺斯的门户，而那天我们正碰上了普罗旺斯的阳光。餐厅是在一片田野之中的独立农宅，加上住宿的部分，也是小小的房子。那天的阳光好得出奇，普罗旺斯的黄屋顶，还有田里的野花。头盘是肉丸子配沙拉，味道细腻，不知道如何形容，飞快地盘子就见底了；而主菜是小龙虾配红酒焖鸡胸，酒也是老板的弟弟自己酒庄的酒。这一餐，绝对令人印象深刻——美味是不能描述的，阳光下的法国南部的美味就更加难以用语言来描述。而这些美味，还有着最美的调味料，那是初春的野花与和煦的春风，以及南法让人迷醉的阳光，还有田间清新动人的悠然气息……

约会波罗的海的女儿

——走进芬兰

杨晓春

开始文章之前,有个简单的问题:这个世界上国家竞争力谁排第二?第一不用说是美国无疑。紧接着的第二名是哪个国家?

德国?日本?都不对。

什么?

不,你没有听错,是芬兰。

几乎所有人都会感到意外,这么小的一个国家?这么低调,除了NOKIA和西贝柳斯之外,我们对它基本一无所知的北欧国家?

其实,按面积算,芬兰可真不小。从国土上来说,芬兰将近34万平方公里,是欧洲第6大国(也有说是第7大国的)。而芬兰全国人口只有500万出头,人口大部分都集中在比较温暖的南部。剩下的,就全是大自然。如果带老人和孩子旅行,想要亲近大自然,芬兰是绝对的首选之地。

芬兰是这样的一个国家:近70%的国土是郁郁葱葱的森林,

而另外10%则是被近19万的大小湖泊构成的水面覆盖。芬兰人是安静、和平甚至有点害羞的民族，但是他们像本能一样热爱自然。这里的森林大部分是挺拔秀丽的针叶林。开车在芬兰的路上，感觉这里才是真正的童话世界。总是会想：森林里会不会突然有精灵闪现？

这么多森林和湖泊，要是没有精灵才是一件怪事。所以，在芬兰西南部的Naantali，一个海水、湖泊和森林环抱的岛上，就有芬兰最有名的精灵：姆米（Mummin），他是一个长得像河马的小精灵，浑身雪白，非常可爱。姆米听得懂来自世界各地小朋友和游客的话，但是他不说话，只用动作来表达自己，而好多小朋友都把姆米当作自己最好的朋友。

赫尔辛基：给你惊喜的文化和时尚之都

如果一定要描述我心目中的理想城市，我并不是非常清楚，很多城市我都很喜欢。但是始终，心里还是有一杆暗暗的标尺的。而几年前第一次到赫尔辛基，我就对自己说：很接近了，很接近了。

对于一个城市，大致有一些标准我很重视，比如：

1. 适合步行，或者是发达的公共交通，使交往半径缩小。

2. 城市绿化非常好，有大面积的水面，起码早上有适合跑步的地方。

3. 建筑要有趣，或者简洁、有力。

4. 城市的文化要有包容性，外来移民在这里感到自由自在。

5. 夜生活要和文化生活(音乐会、展览等)一样生机勃勃。

6. 这个城市要适合年轻人居住,有勇气去实践青春的变革。

7. 有水准非常高的媒体……

赫尔辛基,离我的理想很接近了。

赫尔辛基自古以来就是“波罗的海的女儿”,而现在,她是2002年欧洲的文化之都。同时,赫尔辛基也是欧洲越来越重要的时装都会。

我总觉得,芬兰人是因为要打发漫漫的冬夜,所以才把自己的室内设计、时装还有艺术都搞得那么出色。当然还有科技,芬兰人比谁都知道沟通的重要。可能是因为这个原因,有了NOKIA。

2002年9月号的ELLE杂志英国版,把赫尔辛基列入欧洲时尚之都之列。原因是赫尔辛基的市民穿着品味优雅,而城中的夜店和精品店的设计及氛围也始终引人注目地站在潮流之前。在建筑方面,有著名建筑师阿尔弗-阿尔托(Alvar Alto),是世界建筑界和设计界的顶尖人物。芬兰有些品牌的瓷器和玻璃制品也是消费品里的真正艺术品,比如Iittala,还有Arabia的瓷器、Fiskas的剪刀等等。

夏天的赫尔辛基几乎是接近完美的城市。阳光灿烂,气温宜人,森林和绿树,草坪和水面,一切都在最合适的状态下。而好像所有的人都跑到户外来享受真正的大自然了。

6月22日,是芬兰的仲夏节。这一天,阳光很长,整个24小时当中,太阳只落下去不到两个小时。这天,是芬兰人献给阳光和夏天的祭典。所有人都在户外狂欢,在午夜的太阳里围着篝火跳舞。

即使不是在夏天,赫尔辛基也拥有四季不同的魅力。北欧的冬天其实很温暖:在雪夜里,看室内的灯光,都是温馨的暖色调。而冬季有大量的演出和艺术展览,使赫尔辛基成为一座艺术之城。

赫尔辛基的很多名胜里,我常常喜欢去岩石教堂,喜欢看那里面光影的变换——做礼拜的人们的背影和发际间午后的阳光,有着动人的光泽。喜欢听管风琴奏出的巴赫,或者是举办仲夏节庆典的伴侣岛(Seurasaari),深秋的Seurasaari岛,是野鸭和天鹅游弋的天堂。芦苇已经黄了,而岛上的露天博物馆里有着芬兰古老的民居。小松鼠会张开手问你要吃的,穿着入时的女郎在古老民居的台阶上打着手机。又或者可以去赫尔辛基大教堂(DOM),这座宏伟的建筑是从前在海上的航船可以看见的赫尔辛基的标志。看到了大教堂的尖顶,就知道家到了。赫尔辛基,从前的"波罗的海女儿",大教堂的尖顶是她的一头秀发,在黄昏里有着令人迷醉的光芒。而现在,这里是情侣和游人们热爱的地方。有一次,我正赶上大教堂里举办波罗的海国家男童合唱节。是冬天,孩子们歌声里的莫扎特温暖了远方游客的心。

我怀念雪夜里在赫尔辛基屋里温暖的灯光下看书的时光。但是,赫尔辛基仍然有很多的户外运动等着你。赫尔辛基的市民有福,他们不用离开城市,因为城市就在大自然里面。

即便在深秋初冬,依然有很多人在海边、森林里跑步锻炼。再等很短的一段时间,冬季的户外运动就开始了。滑冰、滑雪,芬兰人一直是高手。

在赫尔辛基，住在市中心(Downtown)，尤其是市中心的Ramada Presidentti，有莫大的好处。并不因为这里是赫尔辛基惟一的赌场，而是因为它的黄金地段。

在芬兰地亚大厦（Finlandia）听音乐是一件非常赏心悦目的事。是真的赏心——芬兰地亚的音效是世界音乐厅里闻名的。而RSO(Radio Symphony Orchestra)——赫尔辛基广播交响乐团演奏的西贝柳斯也是芬兰味浓厚。悦目——是因为芬兰地亚大厦的建筑本身就是一件艺术品，它出自大师阿尔弗-阿尔托(Alvar-Alto)之手。外表设计内敛，建筑内部的韵律感十足。光是在音乐会间隙参观芬兰地亚，就是很好的享受。

住在市中心，如果要享受芬兰地亚和附近的KIASMA(当代艺术博物馆)里丰富到让你目不暇接的文艺活动，步行只要3分钟。

有一次在赫尔辛基，当地朋友带我们去一个美妙的地方，叫KAPPELI——是诺基亚原来的工厂厂房，现在被改造成了画廊和艺术家展览的地方。当天的展览，是因为朋友的姨妈，一个女艺术家自己设计的镯子也在参展。我只能说，那个雪天的夜晚，这个原来的厂房，太有魅力了。而这都是因为赫尔辛基，这个创意无穷的城市，是能化腐朽为神奇的地方，是我心目里越来越接近理想的城市。

在最冷的季节，朝拜最美的雪山

陈海平

按照中国古代文人的说法，到山中旅行一次，可以清除不必要的野心和愚蠢。梅里雪山不仅能够这样，它还让人们心生畏惧，放弃所有愚蠢的征服欲，这座至今没有人攀越的雪山，展示着它的美貌和威严。在这个冬天的正午，让我心怀感激。

建议别人像我一样在12月底去梅里雪山旅行肯定不是一个好主意。事实上，如果不是由于工作耽误了最好的旅游季节的话，我应该在寒冷的冬天里，守在家里温暖的台灯下，慢条斯理地看一本书，喝一杯茶，或许再计划一下明年的旅游计划，而不是在零下13度的清晨里，守在半山上。但是，当第一片阳光照到你前面的卡瓦格博主峰上时，想到有不少人在其他季节来这里等了半个月也没有看到它的真容，你就会庆幸自己已经选择了到这里旅行的最好时候：在最冷的季节，朝拜最美的雪山。

怒山山脉从西藏进入云南后，北段称为梅里雪山，中段称为太子雪山，南段为碧罗雪山，习惯上，人们把北、中段称为梅里雪山。梅里，系藏语中“药王”的意思，因为山里盛产雪莲花而得名。梅里、太子雪峰连绵，海拔在5500米的雪山就有10多座，俗称“太子十三峰”。其中最高的是卡瓦格博(6740米)，传说是格萨尔王的守护神，是八大神山之一。每年秋天，来自四川、西藏、云南的成群结队的藏民会来这里绕山参拜，俗称“转经”，他们相信，不朝拜梅里雪山，死后便没有好归宿。

我在中甸搭早上8点的班车出发，120多公里的山路走了7个多小时，但因为路上可以经过奔子栏这个茶马古道上的名镇，又可以一路饱览白马雪山的风景，所以不觉得累。而班车的藏族驾驶员扎史江初告诉我，明天应该在太阳升起来之前到飞来寺去，和第一片阳光照在梅里雪山的容颜相比，一路上的风景都不算什么。于是，到达德钦县城后，忙着落实第二天早上去飞来寺(那里是公认观看雪山日出的最佳地点)的汽车。德钦是一座只有一条街道的小城，因为所有的东西要从中甸运来，所以物价比中甸要贵。在新认识的朋友帮忙下，联系了一辆北京吉普，由于寒冷和疲惫，也为了第二天的早起，晚上9点就睡了。

第二天早晨6点40分起来，天色还是黑的，坐了20分钟的车到了飞来寺，这里已经有了一辆吉普车，是两个来自上海的游客和一个老外，看来这个季节的游客实在少，天气温暖的时候，这里据说经常有好几百人来看日出。8点整，第一线阳光印在了卡瓦格博的金字塔形的峰顶上，几乎是同一时间，海拔6379米的奶日顶卡峰和6054米的缅茨姆峰的峰顶也被染成了金黄色。不到十分钟，太子十三峰全部被染成一片金黄，而卡瓦格博峰更是像一个雄姿英发的雪山太子，只有在这样近的距离，你才会明白为什么人们把“世界最美之山峰”的美名送给它。唯一遗憾的是，由于我的手被冻得发僵，拍了三筒胶卷，回来后发现有一大半是虚的。

在飞来寺旁边吃了早饭后，我和司机赶往明永冰川，这里刚刚通了柏油路，只需要一个半小时就到了冰川下大约4公里的明永村。在这里有两种方法到冰川，步行或者花70元雇一匹马，我选择了骑马，很快我就庆幸自己的选择正确，因为半路上看见两名比我健壮的空手游客正走得上气不接下气，而我还带着近十斤重的摄影器材。更加幸运的是，当我在一个多小时后，刚刚爬上冰川上的观景栈道时，在我面前400多米远的地方就发生了一次雪崩：日当正午，冰川受热融化，冰体轰然崩塌，响声如雷，山谷回荡，虽然我在栈道稳固的平台上有惊无险，雪崩仍然让我目瞪口呆。1991年，正是这样的雪崩，让17名登山队员被埋，卡瓦格博用它的方式向人们宣告：我是不可征服的！

等我回过神来拿起相机，雪崩已经差不多结束了。我四周一看，只有我和一个来自福建泉州的摄影发烧友，他和我一样，被眼前的雪崩震住了。

按照中国古代文人的说法，到山中旅行一次，可以清除不必要的野心和愚蠢。梅里雪山不仅能够这样，它还让人们心生畏惧，放弃所有愚蠢的征服欲，这座至今没有人攀越的雪山，展示着它的美貌和威严。在这个冬天的正午，它让我心怀感激。

附录：

旅行提示

虽然我是在冬天去的，但是当地朋友说最好是在1~5月去看雪山，也有在这里呆了一年的摄影师说10月份能拍到非常好的照片，但是大家都建议不要在8、9月的雨季去德钦，因为路太难走。

县城里的梅里酒店和彩虹酒店可以住下（旅游淡季100元/天，标准房）。往下走50米有一家名为“小花园”的小饭店，那是当地最好的饭店，北方人和广州人都会喜欢这里的口味，尤其是天气冷的时候，考虑到第二天要爬山，吃饱饭很必要。

如果是冬天的话，穿上足够的衣服，戴围巾、手套、防风的帽子是非常明智的。有一对防滑的好靴很重要。

从德钦的汽车站到飞来寺，有时候早上有班车，但是可能赶不上看日出，最好是前一天晚上定一辆汽车来接你去飞来寺，30~50元就可以了。看完日出再搭班车去明永冰川，可以节省包一天车的钱（大概要200~300元/天，北京吉普）。晚上可以回德钦住，也可以在明永村住下，那里有不错的旅馆。但是，中甸和德钦之间，早上8点钟后就很少有班车了，你必须先去汽车站问好时间。

说明：

1．德钦到飞来寺开车要20分钟。

2．从飞来寺到明永村要开1小时左右。

3．从明永村骑马上到冰川要90分钟。

4．从明永开车到西当村要40分钟。

5．从西当到雨崩才村不通公路，只能步行或者骑马，骑马大约5小时。

一个人的海岛

王 东

二千多年前，希腊盲诗人荷马写出不朽史诗《奥德赛》。诗歌中的主人公奥德修斯在海上漂流十年，途经数十座海岛，历尽艰难险阻：独目巨人以人为食，神女喀尔克精通巫术，女妖塞壬歌声惑人……远离大陆的海岛，在时人眼中是神怪的居所。

近三百年前，丹尼尔·笛福创作出英国文学史上第一部现实主义小说《鲁滨逊漂流记》。对主人公鲁滨逊而言，在荒岛上简直是度日如年：他不仅得应付突如其来的风暴，还得时时提防食人土著。

二十多年前，电影《青青珊瑚岛》甫一推出，就风靡全球：阳光、沙滩、海浪、青春逼人的波姬·小丝、浪漫得发腻的爱情——这时的荒岛，已有了些伊甸园的味道。

科技高速发展的今天，海岛成为了“天堂”的代名词。无数人都渴望拥有一座完全属于自己的小岛，远离拥挤的城市，远离忙不完的工作，在一个人的海岛上，面朝大海，春暖花开。

做个现代鲁滨逊

国外的买岛热潮二十多年前就兴起。

这一切都得感谢科技的发展:交通工具的革新使天涯近如咫尺,太阳能和风能被开发利用,净水系统不断完善,信息技术的进步则使联络异常便捷。远离大陆的海岛上,也可以使用许多现代化的设施。

起初,买岛只是权贵名人和精英阶层的专利。对他们而言,私人海岛不仅是社会地位的象征,更是他们逃避关注、享受生活的福地。美国天后黛安娜·罗斯和名模克劳迪娅·希弗都曾做过大陆逃离者。至于那些位于英伦三岛、屹立着中世纪古堡的海岛,很少有人知道上面的居住者是何方神圣,他们的身份就像伦敦的天气一样迷雾重重。

接下来,就是普通大众也可以拥有属于自己的海岛。1994年,妮克和蒂娜姐妹都在加拿大雨湖附近购买了小岛。

妮克是美国国家公园服务公司的电报员,她的土耳其岛有15英亩,耗资85万美元。妹妹蒂娜是来自利斯堡的骑师,买岛花费2.2万美元,建造一座面积1200平方英尺的度假屋则花费6万美元。说起这两座小岛,姐妹俩的话出奇的相似:“在一个人的岛屿上能使人心灵纯净。”

到了今天,这股买岛热潮更是方兴未艾。美国就有数十家专业买卖岛屿的公司,他们每天接到的各种咨询逾千起。

丹尼尔·笛福笔下的鲁滨逊是时时刻刻计划逃离自己所处的

荒岛,现代的美国人则是时时向往奔向属于自己的海岛,在那儿自由呼吸,享受生命。难怪《今日美国》记者加里·施特劳斯会感叹:“海岛梦成为一个国家的梦想!”

买岛去,买岛去

2003年夏季,一部规定的出台“解放”了我国那些无人居住的海岛,那群厌倦了繁华都市的国人也有望实现“一个人的海岛”的梦想——7月1日起,《无居民海岛保护与利用管理规定》正式实施。这是我国第一部关于无居民海岛管理的法规,该规定明确:除法人单位外,个人也可申请开发利用无居民海岛,使用权最长50年。

逾万座海岛将因这一纸规定从沉睡中醒来——根据权威部门的统计,我国有6000多座面积超过500平方米的岛屿,还有1万多个面积在5000平方米以下的岛屿。这些岛屿中94%是处子岛,从未被开发使用。剔除那些自然灾害频繁或面积过小的岛屿,真正适宜人居住的大约有1万座。这些亚热带风情十足的岛屿也许会比夏威夷群岛或者斐济群岛更加迷人。

此项规定出台后,大多数沿海省份都在紧锣密鼓地着手制定《无居民海岛保护与利用管理规定》的有关细则。可以预计,不久的将来国内将掀起一股买岛热潮。“买岛去,买岛去”,这将是那时最流行也最蛊惑人心的口号。

大隐隐于岛

大多数人买岛不是为了投资，而是为了摆脱现在的生活状态，换一种活法：拥挤的都市令人厌倦，繁重的工作使人疲惫，不如逃往海岛，在大海和孤寂中放松心灵，净化自我。

一个人的海岛其实就是一个人的世界：白天，可以钓鱼可以散步，在椰树下坐拥海天一色；晚上，可以读书可以思考，时间仿佛停滞；夜深了，再枕着海浪声入睡。不知不觉中，那海、那光、那树都留在了血液中、骨子里。职场的刀光，商界的剑影，就在这一浪又一浪的波涛中渐行渐远。海岛，是逃避尘世的桃源，更是洗涤灵魂的居所。诗意的栖居地，非海岛莫属。

还有人喜欢买上一座荒岛，按照自己的理念来设计，即便是耗时几年，即便是亲自动手。在这繁重的劳动中，他们体验到无穷的乐趣：小岛是国土，房屋是城堡，一座王国就在他们的双手下诞生，他们是小岛真正的国王。

更多的人则把完全拥有一座属于自己的海岛当成了一生的梦想。只要梦想不死，一切就有希望——30年前，28岁的德国人法哈德·维拉蒂想拥有一座私人岛屿，就从银行投身商海；30年后，他不仅成为世界上首屈一指的私人岛屿经纪人，还拥有三座私人岛屿。

在这个炎热的7月，屡获奥斯卡奖的导演英格玛·伯格曼宣布退出影坛，将余生留给了斯德哥尔摩东南方的一座海岛。这名世界级的电影大师用行动阐述了一个朴素的道理：大隐隐于岛，抑或逃避，抑或重生。

附录：

到国外去买岛

如果现在就想实现“一个人的海岛”的梦想，不如去国外买岛——美国、秘鲁、智利、英国，甚或新西兰都有海岛可以买卖。

58岁的德国人法哈德·维拉蒂是买卖这些私人岛屿的王牌经纪人。30年间，他曾买卖过近千座岛屿。目前，维拉蒂在自己的出生地汉堡拥有一家专门买卖岛屿的公司，在加拿大开设了分公司。为了便于全世界的同好买岛，维拉蒂还建立了网站http://www.vladi.de。该网站有德语、英语两种版本，资料详尽，功能完备。到国外去买岛，上这个网站直接预订是个不错的选择。

在岛上，快乐没有终结

陈颍宇　曾　翰

“岛”、“热带海”、“火山”、“教堂”，这些都是足够令人晕眩的字眼。

在岛上，快乐没有终结

在开往北海的夜行客车上播放《花样年华》绝对是一首华丽、浪漫又带些许伤感的序曲，我们的旅程就是在王家卫暧昧的红与黄，在麦可·格拉索醉人的拉丁大提琴与纳·金·高温暖的歌声中开始的，我们要去的两个小岛，分别有着怀旧和令人遐想翩翩的名字——“涠洲”与“斜阳”。

涠洲岛位于广西北海市西南36海里外的热带海洋中，是中国最大最年轻的火山岛，岛上居民历史不超过300年。离涠洲岛西南不远的另一小岛，不足2平方公里，状如莲花，夕阳斜照时，小岛在通天红霞中熠熠生辉，由此得名“斜阳岛”。南飞的候鸟在岛上栖息，甚至有大群大群的鹤。

新生活风向标

海鲜大餐迷幻海滩

由北海坐上两个小时的渡船就到了涠洲岛。在海边，最大的好处当然是价廉物美的海鲜大餐。码头边的市场一字溜开的海鲜大排档，任君选择。众君举双手兼双脚推崇的菜式是蒜蓉炒大红蟹、白灼濑尿虾和青葱炒鱿鱼筒。没有多余的添加物，纯天然口感，只讲究一个火候，原汁原味被猛火尽情发掘出来，入口清清楚楚：这是蟹、这是虾、这是鱿鱼筒。连最普通不过的炒青菜都是甜的。这时候，再不怎么喝酒的人都要浅饮，饮得三分醉，又有七分海上的凉风拂面，那，就十分完美了。

酒足饭饱，一干人等坐上专车——拖拉机，开始了环岛巡游。岛上的公路随着山形高低或者峰回路转，或者笔直冲天，清爽的海风把头发扯成平行直线，两旁时而一望无际的碧蓝海景，时而树木蕉林擦身而过。从旋转的陡坡上俯冲而下，下面便是码头的海水，泊着成排的渔船……

傍晚我们在海水里浸到水温变凉，夜色渐暗，饭店将一大盆饭菜用拖拉机载到海滩，肚子们立即发出幸福快乐的“咕咕”声，趋之若鹜。不知哪里拣来的被海水蚀了大半的门板，当了饭桌板，微弱的手电筒光还没架好，板上已几乎一片狼藉。技术低的，吃得默默无闻；技术高明的，牙齿不停还能大声说笑不间歇……

……饭饱酒足，残余摊子可以暂扔在一边，躺在篝火旁，烤火看星星，听着肚子里发酵的声音，很清晰，呃，有H_2O、蛋白质、纤维、淀粉……

夜宿“迷幻海滩”是我们最明智的选择。海滩之所以迷幻全因肉眼看起来不远的悬崖后面有采油厂24小时不停燃烧的废气，一支巨大的火炬像奥运圣火一样熊熊不息，离奇地把白天是草绿色的悬崖照成了乳白色，有如军舰平台，又如采油井台，让我们互相竞猜了好久。我们当中一对初识的男女，通过清晨散步给“迷幻悬崖”揭秘，酝酿了激情，涠洲岛之旅后，成事了。

10个大孩子在夜海滩上玩完烟火，就着自带小音箱飘出的音乐跳起了吉普赛舞、JAZZ舞、印度舞、群妖乱舞，举着树杆般大的火把“呜哇”大叫！意犹未尽时，小手电筒在浓黑夜色里打出的光柱当成《星球大战》里的激光宝剑，一对对轮番“沙滩论剑”。

当所有狂欢的高潮渐渐退去，群星闪烁的夜空恰如其分地映衬出大海恬静安详的另一面。平躺在沙滩篝火边，听不远的潮水“唰唰唰”蹑手蹑脚地匍匐而来，看“猎户”、“天鹅”、“大熊”、“小熊”高挂苍穹闲庭信步，不禁有酒过三旬的醉意——飘飘然忘乎所以。“流星！”突然间所有醉意蒙眬的人都“呼”地坐了起来，伸出手臂一起指向远方海天交接处的同一个方向，滑过夜空坠入深海仅仅两三秒钟的流星，像导火索一样瞬然引爆了众人深藏心底的情愫，张开口呆呆地望着没有尽头的远方一时无语。我想，这一刻可能就是整个旅程中最浪漫的时刻。

“浮死尸”与井水浴

一觉无梦睁开眼，发现泛着白沫的海浪已经悄悄地涌到了帐篷跟前。再放眼望去，差点尖叫起来——我们竟然到了马尔代夫，因为那海的蓝竟然分出了好几个层次：淡蓝、蔚蓝、靛蓝、墨蓝、接近无限透明的蓝……钻出帐篷，“咚”一声跳入海里，游早泳。最舒服的玩法是俗称“浮死尸”的，海水浮力大，只要脚一撑，脑勺往后一仰，四肢完全放松，整个人就浮在水面了，呼吸可以很自然，耳膜在海水的冲压下听到了喃喃的歌谣，似乎声音都是通过骨头直接传过来的，仿佛无数裸体的女妖将我包围，用她们海豚般光滑的皮肤歌唱。眼睛里满视角是湛蓝的天空，广角一点的能看到远处一漂一漂的小黑点般的渔船。身体半空悬浮，仿佛飘入黑洞。

游完泳，跑到村里的老井洗澡是意外的惊喜，不对，不是“跑”，是搭乘拖拉机的尾车游花园一般去的。泳装还在身上，盐粒已经在皮肤上结晶，穿过蕉林的风一扫，扑扑掉下来。井眼处俨然一个天然浴室，除了小径通道，三面是密集的高大蕉树，巨叶婆娑，打乱透下来的晨光，什么蛇虫鼠蚁早被我们的“哇哇”的大叫吵醒，探头探脑，然后赶快溜走。

用井水冲过凉，你才明白什么是“冲凉”。“井水”这字眼有几重含义。井水要从头淋到脚，“清”、“爽”、“冽”、“透”、“阴”、“莹”、“玉”、“渗”等等之类的字眼，就一齐从世界各个角落涌出来，逼在你的喉咙，发出来的却只是快乐的尖叫。

出海桃花源

出海，又是一件豪气冲天的事情。我们每人150元合租岛上一艘深海捕渔船“直挂云帆济沧海”向斜阳岛进军。如果有一片哪怕只有10米长的沙滩，斜阳岛都可以算是一个完美的隐居圣地。我们的船绕完岛上所有的峭壁,终于在唯一的水泥码头登陆了。斜阳岛曾在抗日时期有过惨烈的战事，之后的驻军在茂密的原始丛林中修筑了一条横穿全岛的“中央公路”。我们在这鸟语花香的林荫道中穿行,不时可见许多悠闲的鸡满山乱跑,据说这是岛上村民放养的,不分谁家,有需要便可随手抓上一只。

在荒草密林中,隐约可见已经无人居住的破落的军营,这真是“简约主义豪宅”——宽敞、坚固、大气。若是日后真动了隐居的念头,稍加修葺便可入住这“无敌海景大别墅”,可惜现在它们是山羊们的别墅。

正在感叹山穷水尽疑无路之际，却豁然望见山谷中几排青砖黑瓦,顺着分岔小道我们进入了“桃花源”————男人躺在吊床上抽烟、闲扯、逗小孩;女人坐于树阴下挥梭织网;孩子们爬上爬下在大人与树间追逐嬉戏;还有炊烟、曝晒的咸鱼干以及红漆未干的小舢板……

潜海天主教堂

快乐没有终结时候。还有勾魂摄魄的潜海在等着我们去跟它重叠。习惯了用口呼吸后,战战兢兢地扣住“潜水老师”的上臂,就徐徐没入海底。

潜水潜得兴起,不知潮退,当海水与晚霞燃成一片时,我们的船搁浅了。下一次潮涨在夜半之前，我们得先离开珊瑚区。在“LONELYPLANET”里边,麻烦事就是惊喜。在潮退与潮涨之间的等待中,我们扫光了一顿海螺肉大餐,研究了开海螺,放烟花,跳舞，唱歌，极尽打发时间之能事，却丝毫不觉得是在打发时间。看着海上银粼粼的月光，心里居然祈祷：不要回去了吧！但是呢，当船撑出了珊瑚区，心竟然也雀跃。月亮越来越远、越来越小，船划开黑色的海水，有风从裂开的地方破出。此时，自然引颈高歌："小船儿轻轻，飘荡在水中，迎面吹来了凉爽的风。"

涠洲岛上有一座天主教教堂，有140年历史。教堂在一些细节上非常法国化。100多年前雷州半岛上的客家人在一名法国传教士的带领下，远渡涠洲岛建了教堂。至今岛上仍有三分之一的居民信奉天主教，做礼拜，逢圣诞节据说还有环岛大巡游。看电影《邮差》时，那意大利小岛的圣诞巡游已让我心动不已，掰掰手指想，圣诞节好像不远了。

附录：

游玩指南

行

广西北海每天有3~4班开往涠洲岛的慢船和快船，票价分别为40多元和70多元。岛上有营运中巴和三轮车，还可包租拖拉机(4天接送我们10个人来回往返岛上各处才300元)。

住

岛上有各档次的旅馆，好一点的在节日中涨到100多元一间的双人房，平时则只需一半的价钱。若是自带帐篷沙滩露营就更能尽情狂欢。

吃

一下码头,可在市场旁边的大排档大尝生猛海鲜。鲜美大花蟹15元一斤,厨师的手艺会让你吃得惊为天人,且老板善良不宰客,还可送餐到海边宿营地。

玩

涠洲岛的“火山口公园”不能不去,火红的火山岩在碧蓝的海水映衬下奇幻无比。在仙人掌丛中还有许多鬼斧神工的海蚀洞。涠洲岛海域海底的珊瑚丛非常密集,海鱼种类繁多,而且海水透明度高,是个潜水天堂。我们每人150元跟深海渔船出海:包括“斜阳岛探密”、两顿由水手亲自为我们潜入深海采抓的海螺大餐、海上钓鱼,最后是不限时间的潜水,整整一天。

第五辑

做爱做的事

动漫

日本动漫的革命家史

FLASH：我们目前健康向上的小理想

网络

垃圾电邮制造业

Google，上帝还是撒旦？

展藏

『我们陪艺术家试验，我们赚钱』

——中国当代艺术市场后10年镜像

上海画廊：一只笼子在等待一只鸟

私家博物馆

零度空间·百年影像

日本动漫的革命家史

Wonder C

《阿瓦隆》——阿童木的父亲

如果把日本动画发展史分成阶段，并用不同时期的大师断代，无论有多少画家参加竞选，无论投票者怎样投票，“漫画之神”手冢治虫都将以全票当选日本动漫界开山鼻祖。

回顾日本漫画的发展，我们会发现，和任何本国艺术面对外来文化强势入侵一样，今日Anime（英语系国家特指日本动画）虽然威震欧亚，它走过的路也是崎岖坎坷。

看过《剑客浪心》的朋友一定记得，维新时期，著名剑客无论其派别，都有画师专门为其画像出售的情节。其实，那就是日本漫画雏形——民间草笔。

19世纪后期，受欧美文化传播和日本经济发展的影响，日本草笔由单幅画像逐渐发展出故事章节，却不成气候，当时，所谓漫画也只不过是下层人民的娱乐。

一门艺术的突破重围经常需要等待一个人的出现。

手冢治虫(1928~1989年)诞生于关西大阪,本名手冢治,后改名,中学时开始漫画创作。1946年,手冢应聘加入动画公司,因被评定为“不适合动画业”而未果。翌年,手冢治虫在《每日小学生新闻》上开始自己的漫画连载生涯,从此踏上漫“漫”之路。

1947年, 手冢发表了他生平第一部重量级作品——《新宝岛》。他借用电影拍摄手法,如变焦、广角、俯视等配合故事发展来表现漫画画面,从而让凝固的漫画“活了”,日本漫画新世纪也随之诞生。世人所谓“日本漫画”,实际自19岁的医学生手冢开始。

1951年,手冢治虫自大阪大学医学部毕业,迁居东京,全情投入漫画创作。

1952年(昭和二十七年),《铁臂阿童木》(又名《原子小金刚》)问世,轰动日本。除了茶水博士,作为“阿童木”真正的父亲,手冢治虫赋予了小机器人纯真、善良、勇敢、百折不挠的精神内涵。配合当时战后日本人急需精神重建、渴望摆脱外国势力干预的时代背景,他成功改变了日本国民认为漫画“幼稚”的偏见。《铁臂阿童木》漫画以及后来的动画TV版断续连载13年,手冢治虫凭借一个小小的机器娃娃,奠定了自己在日本漫画界的地位。

1956年,手冢加入著名的“东映动画”工作室,担任Layout一职(画面前图,赛璐珞片的依据),这是他进入动画界的开始。

1961年手冢治虫创建“手冢治虫动画制作部”,第二年更名为“虫制作公司”(MUSIHPRODUCTIONS),意为永不凋零。从此,手冢开始了自己的动画生涯,他将《铁臂阿童木》加以改编制作,并于1963年元旦开始在电视台播放,这也是日本第一部电视连续动画片。《铁臂阿童木》仅其动画就在日本连载4年之久。从此,日本漫画界形成了将成功作品改编为TV动画长片的不成文惯例,有人戏称手冢为漫画人的碗里添满了米饭。

《森林大帝》(*Kimba, The White Lion*)是继《铁臂阿童木》,中国内地引进的第二部动画长片,同样也是手冢非常重要的一部作品,它除获得日本国内一系列大奖外,还得到威尼斯银狮奖的鼓励,并远销美国。后来,迪斯尼根据Kimba的故事制作了名噪一时的《狮子王》(Lion King),甚至连主人公的名字也叫辛巴。

这对于因崇拜迪斯尼而加入漫画业,成名后又一直担任抵抗迪斯尼入侵旗手角色的手冢,不知是否能算是个善意的玩笑?

1971年,手冢辞去虫制作公司社长工作,1973年虫制作公司因经营困难而倒闭。

手冢没有因为结束公司而消沉,他开始了漫长的旅行,足迹遍布全球,以推广自己"梦一般诗意"的创作理念。这一时期,他还完成了自己另两部重要作品:《火鸟》、《怪医秦博士》。

1989年手冢治虫因胃癌去世,享年61岁。

1991年夏,日本东京举行过一次规模空前的漫画展览,共展出500多名当代著名画家的作品。大会为纪念手冢,在展厅中心建立了他生前住所———"时和庄"的模型,窗口处还特意塑造了一批著名漫画中的主人公模型,以此向这位"漫画之神"致敬。

手冢是个伟大的梦想家,是他赋予日本漫画以坚强的个性和强烈的地域文化色彩,并引领日本漫画界逐渐走向深层次思考,从此和欧美"高大全"的超人式漫画划清界限。

手冢不仅严格完成了一个动画家的使命，他还一直注重培养日本漫画后继力量，并坚持举办同名漫画大赏。很多知名画家，如北条司等，就是从获得这个大赏开始，踏上了自己的创作之路。

毫不夸张地说，手冢治虫，不仅是机器娃娃阿童木的父亲，也是整个日本现代动画的父亲。

2001年动画电影震动世界

工作到不知身处何地的魇夜里，尤其是肉身极度渴望睡眠的片刻，真渴望路那头驶来辆猫巴士，张大嘴笑笑，接了我绝尘而去。长大后平凡无奇的“皋月”、“小米”们，在这长夜将尽的黑暗里，还有龙猫陪伴，真是件值得庆幸的事情。

2001年7月，宫崎骏即将复出。

他的新作《千与千寻的幻影仙踪》于7月在日本首映，这是宫崎自《幽灵公主》宣布退休，沉寂4年后首次面对观众。3月26日，在东京小金井市(Ghibli工作室所在地)一栋江户风格的庭园中，宫崎骏举行了《千与千寻的幻影仙踪》的制作发表会。宫崎告诉记者，这座庭院就是《千与千寻的幻影仙踪》故事的起源。

2001年，整个世界已经注定要被动画电影颠覆，另一部让人期盼多年的电影也将在7月公映。那就是，《最终幻想之内在精神》(《Final Fantasy·he SpiritsWithin》)。

好容易打通全局，听着王菲*Eyesonme*歌声感动落泪的玩家，这次终于可以唱着歌，排队入场观看影片了。哥伦比亚电影公司与SQUARE公司耗资1.35亿美元，全电脑CG(电脑制作)动画电影《最终幻想》，已经确定于7月13日在北美上映。

从已经完成的试映看，电影中女主角栩栩如生，近景时甚至连脸上雀斑都清晰可见。承袭了《FF》系列的高品质风范，《FF》电影必将引发新一波电影技术革新浪潮。

将时间指针稍作回溯，我们就会发现该年度另一则动画电影界旧闻，2001年1月20日，押井守（MamoruOshii）的影片《阿瓦隆》（Aval-on）在日本上映。同年5月，押井守和老搭档伊藤和典（脚本制作），一起把《阿瓦隆》作为观摩片送到了戛纳。

押井守去戛纳，不是赶考，而是为了接受西方电影人对他真身的顶礼膜拜。詹姆斯·卡麦隆说过，日本动画群雄中有两位大师让他佩服，一位是《亚基拉》的导演大友克洋，另一位就是根本不会画图的动画巨人押井守。

2001年，动画电影横扫世界。

Ghibli的宫崎骏

宫崎骏，HayaoMiyazaki，（1941年~），东京人，四兄弟行二。

宫崎是第一位将动画上升到人文高度的思想者，同时也是日本三代动画家中，承前启后的精神支柱。宫崎在打破手冢巨人阴影的同时，用自己坚毅的性格和永不妥协的奋斗为后代动画家做出了榜样。

有人将他和金庸相提并论：两人都是通过“低俗”娱乐形式，传达思考者对人生、对世界的认识；两人在具有高度内省意识、不断否定自身思想的同时，又坚持以本国文化为作品精神内核。

所不同的是，金庸有13套长篇、1部中篇小说充分表达其理念，宫崎骏迄今为止，只有亲自监督的7部动画电影来表达自己，即：《风之谷》、《天空之城》、《龙猫》、《魔女宅急便》、《红猪》、《幽灵公主》和即将推出的《千与千寻的幻影仙踪》。

要谈宫崎骏的创作生涯，就要从Ghibli谈起。

Ghibli，译做“基布利风”，原指撒哈拉沙漠季节热旋风，二战期间意大利空军飞行员将其侦察机命名为Ghibli。飞行器迷宫崎骏将自己的工作室如此命名，也有要为日本动画界带来新旋风的意思。

和手冢治虫一样，宫崎骏的动画生涯也是从“东映动画”开始，在那里他遇到了自己一生的事业伙伴高田熏和自己日后的太太。

1965年秋，宫崎为高田导演的《太阳王子华伦斯的冒险》一片担任场面设计原画，这是两人合作的开始，同时也是宫崎动画生涯的第一步。

1982年，经过多年等待，宫崎终于有机会向世人完整表达自己，巨著《风之谷》于这一年开始在德间书店Animage杂志上连载。这是一部充满对战争、对人类文明反思的漫画“荷马史诗”，它讲述了人类文明损毁千年后，风之谷的公主娜乌西卡身上发生的种种艰苦战事。《风之谷》前后断续连载了12年，这12年里，故事情节也发生了种种变化，主题从单纯的环保渐渐到对单纯环保发生怀疑，究竟是生存重要还是爱护环境重要呢？宫崎眼中，人是自然的对立面，两者不可调和。故事情节的变化实际也是宫崎的思考历程。这一主题在后来的《幽灵公主》中得到深刻展示。

也是这一年，宫崎与另一个影响他一生的人相遇了，那就是大名鼎鼎的德间康快。德间作为全日本最大书店总裁,他敏锐地意识到宫崎的才华,并资助宫崎、高田两人创办工作室。

1984年3月在德间资助下,剧场版动画电影《风之谷》上映,宫崎、高田组成二马力工作室,也即是Ghibli前身。

1985年Ghibli工作室正式成立,开始制作《天空之城》。翌年,该片问世,获得很高声誉。至今观众还清晰牢记那个建立在大树上,最终毁灭的城市。

Ghibli工作室坚持使用质朴的动画语言,在日本动画史上不断创造"草根"奇迹。由于它从不以盈利为前提,而且"痛恨"当时风行的粗制滥造动画TV长剧,因此,Ghibli几乎就是靠精工细制的剧场版活着。

没有人认为Ghibli能够生存下来,包括这两个创始人,然而,倔强的沙漠热风创造了历史,它用自己的存在树立起动画界的荣誉感和良知。

Ghibli为追求高品质,基本不外接漫画改编。长期依靠宫崎和高田两人从剧本、原作到动画电影,一步到位地工作,连漫画出版都跳跃掉。这在保证质量的同时,其实也是在跟钱过不去。所以,至今,这个工作室在创造了高额利润的同时,保持着穷人的身份。

《天空之城》之后,Ghibli同时制作了两部没有外星人、血腥战斗的回忆电影:《龙猫》、《萤火虫之墓》。《龙猫》(1988)以战后日本质朴的乡村生活为背景,讲述了一对小姐妹和代表自然精灵龙猫之间的友情故事。宫崎骏倾出全部对大自然的热爱创造出真实、美丽的朴素田园生活。片中多处景色描写让人想起唐诗和中国山水。该片甚至囊括了该年度最佳摄影大奖。《萤火虫之墓》则是高田对战争的反思和控诉。

两部片子为工作室带来巨大荣誉的同时，也为他们带来了巨大的债务，幸好，商人自动上门请求将“龙猫”形象制作为玩偶出售。“龙猫”多年来的热销意外地弥补了Ghibli高额亏损。大概出于感激，GhibliStudio选择了“龙猫”作为工作室标志。后来，争气的《龙猫》还在美国售出了数量惊人的录像带。

1989年，探讨少年成长经历的《魔女宅急便》上映，这是Ghibli第四部作品，也是Ghibli成为票房保证的开始。它吸引了大约2.64亿名观众，成为日本当年度最卖座的电影。

1992年，宫崎骏转型。他撇开一贯的少年探险情节，选择了20世纪20年代的意大利为背景，以一只面临中年危机的猪面飞行员“波哥”，作为电影《红猪》（红の猪）男主角。实际上，猪脸孔的欧吉桑也是宫崎的自嘲，该片更像是自传，在片中可以看到“波哥”充满自嘲的自述。在日本本土，“波哥”击败了《美女与野兽》和《虎克船长》的好莱坞攻势，稳稳占据票房首位。虽然Ghibli从不因市场考虑制作所谓“国际口味”影片，《红猪》还在法国、中国台湾等地获得了成功的票房成绩，尚·雷诺为法语版“波哥”配音。

1997年《幽灵公主》（MonsterPrincess日文名もののは姫）上映，宫崎担任该片导演、剧本、原作。影片推出后因过于操劳，宫崎骏一度宣布退休。《幽》片选用日本中世纪室町时代为背景，描述人、神、魔三界之间争夺生存权的斗争。该片血腥的少女海报，已经预示《幽》将展现的残酷世界。《幽》片剧本酝酿16年，胶片总数多达 13.5 万张，宫崎本人首次成功采用电脑 CG 为《幽》片增色不少。当然，这位大师也趁机添置了天文数字价格的设备。幸好，《幽》成为日本当时有史以来第一卖座电影，Ghibli又一次改写了历史。

大家都笑说宫崎复出也是为报卡麦隆(《泰坦尼克号》)夺走"史上第一"之仇。无论如何，宫崎骏再度出关已经足够漫画迷睡着笑出声来。

宫崎骏始终坚持批判精神，并且是个环保主义者、飞行器狂，据说还具有社会主义倾向(做过工会会长)。他在创造成绩的同时真实地活着，从不扮演大师，这是很多大师需要学习的一点。

两位后来人

我想介绍的两位第三代动画家和宫崎、Ghibli或多或少都有点传承关系，而且，或多或少地，这两人都已经超越了动画家的身份。

庵野秀明，代表作《新世纪福音战士》，曾是《风之谷》的原画和机械设计，也参与过制作《萤火虫之墓》。

据庵野说，当年宫崎对庵野画作评价是，"不怎么样"、"太糟"、"三脚猫"。难怪庵野的主角(碇真嗣，《新世纪福音战士》)经历战斗时总会说"我不在就好了"。《新世纪福音战士》的画面并不优秀，它最大的卖点在于所展现的扭曲的战斗世界和对末世的思考。庵野肯定努力研究过《圣经》，13使徒、末世纪的气氛在片中营造得很好。

庵野现已转拍真人电影，他执导的《式日》还请来岩井俊二扮演片中导演。

押井守，导演，代表作《机动警察》、《攻壳机动队》等，曾加入Ghibli工作室。

就像宫崎对手冢的先崇拜而后反叛一样，押井守因崇拜宫崎而加入Ghibli，而后发现生活在巨人的影子里便很难成为自己，于是很快转而自行发展。

押井守不会画图，他总是改编别人的原作，经他处理过的动画往往和原作没有太大关系。他是位动画家、小说家、散文家兼电影导演，是“日本风月”流创始人，押井把日本动画推向世界，并积极探索未来动画的发展形式。

押井最新的作品Aval—on，既是真人演出又带有明显的动画色彩，最恰当的比喻是，它类似于真人演出的电子游戏。Avalon原指亚瑟王长眠的小岛，片中隐喻对英雄境界的追寻和奋斗。由于押井对波兰电影的热爱，该片在波兰实地拍摄，花费6亿日元，制作时汇集波兰电影高手，采用大量数码动画的同时，其中动作场面更由波兰军队参与完成。

如果用两人代表作的热度作比较，《福音战士》风靡了20世纪90年代末的整个日本乃至东亚，《攻壳机动队》曾占据1996年美国BILLBOARDDVD销售排行榜第一名，还将日本动画带进好莱坞。

将两部真人参与电影相比，《式日》像是法国或意大利的探索电影，《阿瓦隆》则是全新电影形式的挖掘，导演更加关注的是片后的创作思考，电影只是作为思考的结果反映在银幕上，让观众接受而已。

从思想角度讲,庵野深沉内敛,押井则锐利剔透。

作为第三代,押井同庵野不满足于继承前辈,宫崎将日本动画电影变成主流艺术,并多次改写票房历史。如果第三代动画家继续坚持相同道路,不过是刷新数字而已。因此,这两位导演改变发展方向,既是情理之中,也是意料之内。

同美国所谓动画大片,永远要教育观众点什么的儿童题材相比,日本动画发展更加多元化,更加成熟、深沉。这也就是为什么美国人一面高呼日本动画邪恶、复杂,画面过于专业不适合普通观众,一面又被通俗如《水手月亮》这样的日本动画打倒的原因。

美国的漫画制作大多是金钱堆砌,而一旦投资方转向,第三代日本动画人蜕变完成,进入《阿瓦隆》圣地,全世界的观众可能都只有被牵着鼻子走的份儿。

当然,作为漫画迷,我更希望中国的动画工作者面对别人的努力奋斗,不要永远作为观众和旁白者出现。

FLASH：我们目前健康向上的小理想

桂 梅

在FLASH阵营中，有两大类人，一是热衷于FLASH创作与技术研究的闪客们，一是喜欢传阅和欣赏FLASH动画的年轻人。对于后者，关注这帮人的心态是一件很有趣的事情，而对于前者，我们更关注他们嘻嘻哈哈作品背后的认真态度。

人性复杂，生活简单

对于FLASH迷来说，看FLASH所获得的巨大快乐，就是喜欢FLASH的最简单的理由。在很多成熟的盔壳下，其实有着一颗游戏或者渴望游戏的心。而FLASH，正是用一种快乐和娱乐的方式，对身边一些我们非常熟悉的现实进行批判、嘲弄与再创造。FLASH所倡导的，就如老蒋所说的，是一种“成人卡通主义”：表现是卡通的，内容是成人的，态度是游戏的。所以，FLASH里所弥漫的游戏精神，得到了很多成年人的认同。

对于成熟了的，多变的人性，面对这种简单，竟会有如此的快乐。原来，我们都曾简单过。就像一个朋友感慨地说：遇见一个女子，你就像阿贵一样去面对。而我们的生活，其实就是这么简单、可行。

闪客之梦：做中国的动画

除了FLASH迷，还有一帮致力于FLASH创作的闪客们，分布各地。他们每天都要到网上几个比较固定的聚集点，一起切磋技艺、讨论新FLASH作品。他们的前身大多是动画迷，爱看电影或电视的动画片。而FLASH的出现刚好提供了一个最好又很低的门槛，让他们能够简单可行地创作自己的作品。

前两年刚开始做FLASH时只是因为好玩，但是，FLASH发展到现在，一个小小的理想开始在闪客们的心中萌芽：做中国的动画。

一直以来，动画制作对于普通大众来说，是那么的遥不可及，就像人们仰着头看电影一样。对国内的动画片，除了责备与不屑外，什么都做不了。但是现在，有很多人自己扛起了DV，拍起了个人独立电影。这种独立电影的风潮更席卷到了动画界。而个人制作动画的成本更低。只需要一台电脑，一个FLASH软件，你就可以制作个人独立动画了。而网络又为你的个人动画提供了最便捷的传播途径。

FLASH在中国的发展只经历了很短的时间，网络带宽问题也未完全解决，所以目前，个人独立动画事业只是闪客们心中一小小的理想。

就像老蒋正在用FLASH做的新MV——北京的“沙子”乐队的一首新歌里所唱的：“我们目前健康向上的小理想……”

老蒋与桂梅的对话

老蒋，29岁，自由职业者。就读于中央美术学院，初学版画，后改学摄影。毕业后一直从事视觉艺术设计。

每个领域都需要有自己的领袖与英雄的。当一年前，老蒋在闪客帝国中推出极具震撼力的两部作品《强盗的天空》与《新长征路上的摇滚》以后，就奠定了他在FLASH领域里的地位。

一天的百分之八十的时间和FLASH有关

问：做FLASH多久了？

老蒋：两年了。

问：现在，FLASH占了你一天生活中多大的比例？

老蒋：一天的百分之八十是接触和FLASH有关的东西。创作当然是最主要的。然后就是参加各种活动。在闪客帝国出名比较早的要尽自己的力量，要参与很多的公益活动。我应该为FLASH做点事儿，对FLASH来说，刚开始时要靠人去推动。比如做评委。最近的薄荷海飞丝FLASH广告创意大赛，还有台湾也在搞一个FLASH比赛“FLASH音乐闪客”，广州一个FLASH MTV比赛等，我都要去做评委。

问:最近有什么新的作品?

老蒋:我用FLASH做了一部音乐剧的背景。音乐剧名叫《鲁迅先生》,是一种民谣清唱史诗剧,全是唱的,没有对白。内容是鲁迅的生平。舞台背景是用电影胶片做的,我先把历史背景做成FLASH动画,然后再转成电影胶片。动画分为四段,每段一分多钟。风格是版画的、木刻的。

另外,我还在做一个新的MTV《我们目前健康向上的小理想》,是"沙子"乐队创作、演唱的,CD也快出了。

我想做的是视觉上的东西,想丰富一点。现在做FLASH就是受带宽限制,本来可以做得更加复杂,就是受到速度的影响。

不过我觉得做新的尝试越来越难了。

FLASH是成人的卡通主义

问:你怎么迷上FLASH的?

老蒋:我喜欢动画,从小到大都很喜欢看动画片。我看迪士尼电影,也看《蜡笔小新》,什么都看。我最喜欢《南方公园》。我特别推崇这部电影,推崇它用这么粗陋的办法来做电影。你看迪士尼电影看多了,看了《南方公园》会觉得它很有策划性,很好。主题到风格都很好,挺棒的。它表达的主题用迪士尼来做就不好。

迪士尼的电影也很适合成人看的。不过FLASH的确代表了一种成人的卡通主义。

FLASH只是一个工具

问:有没有想过用FLASH做动画大片?

老蒋:《大众网络报》的主编也曾煽动我们用FLASH做动画大片。但是,作为单纯的爱好不行,如果有投资就可以。中国的动画公司,好的就是做国外的加工。自己原创而且比较好的就不行。日本的动画好的也不多。对于喜欢动画的人来说,应该尽快摆脱日本动画的影响。日本动画太单一。迪士尼动画只是动画的其中一种。

问:有没有想过创造一个卡通形象,然后把它发展成一个网站,就像阿贵那样?

老蒋:阿贵这个盈利模式就是迪士尼模式。它出一个影片,也出各种形象,各种商业产品和电影同时做。

这个模式本身是正确的,但如果没有一个好的形象和语言等,这个模式就是一个空的东西。关键还是要解决创作问题。阿贵的定位是一种无厘头的、搞笑的东西。这要有策划,有剧本,有一整套的计划。

另外,在中国,形象保护很难。

所以中国动画的问题特别大。一是创作,二是市场保护都得不到很好的解决。

但是对于我个人来说,我觉得阿贵的东西与我关注的东西方向完全不一样,我比较害怕重复。

问:可以拿FLASH作为一种事业吗?

老蒋:FLASH只是一个工具,动画才是一种事业。FLASH是实现动画的一种最简便的工具。

FLASH这么热没什么道理

问:好像你的作品中很少关注爱情?

老蒋:我首先关心的是视觉。爱情题材我不是太关心,我觉得《珍珠港》和《兵临城下》中的爱情戏完全可以删去。目前还没想过要做爱情题材。

问:现在你是怎么看FLASH的?

老蒋:FLASH这么热没什么道理。网友们很喜欢就够了。

网络上主要的一个视频形式就是FLASH,主宰网络的是FLASH。但这是不正常的。如果带宽解决了,电影、电视等搬上网了,网络多媒体的形式就丰富了。至于我,我当然希望FLASH是主流的。在一些闪客和旁观者中,有这样的观点:网络好了,带宽好了,FLASH就不行了。但我觉得,今天的闪客通过FLASH学到了很多创作上的东西。

什么是FLASH?

FLASH是一个应用软件,它可以让许多没有多少动画专业知识的人简单方便地制作动画和互动的网页。为适应网络传输的特点,经由FLASH制作的动画和网页档案特别小,可以让网络的其他用户轻松地下载、打开和浏览。FLASH还可以制作出生动的聊天、精彩的小游戏，有影像和声音，可以产生互动的效果。

一项由某著名品牌发起的最新网上调查表明，FLASH网络动画已成为越来越多上网族的最爱。在“你认为什么是最酷”的提问中，FLASH名列众多答案的榜首，另有半数以上的被调查者认为FLASH是网络时代新潮一族的至酷标志。

调查还发现，百分之八十三的人对FLASH相当了解，其中更有超过三分之一的人自己制作过FLASH，而百分之九十三的人愿意尝试自己学做FLASH。

网上部分著名FLASH作品

老蒋：《酷夏》、《强盗的天堂》、《新长征路上的摇滚》、《装聋作哑》、《恋曲1980》

阿芒：《直到永远》

Vanhon：《单眼皮女生》、《自由》

Flyflash：《麻辣男人》

闪吧古墓：《我们这儿还有鱼》

皮三：《D版赤裸裸》、《你快回来》

BBQI：《现象》

showgood.com：《神啊，救救我吧》

Babylon：《东北人都是活雷锋》

阿贵系列（http://a—kuei.a—kuei.com.tw）大话三国系列（http://www.showgood.com）

垃圾电邮制造业

王长春

许多人视之为“蛇蝎”的垃圾电子邮件，在“垃圾邮件制造商”手中，却成为成本极少、收益极大的“金矿”……

阳光照在劳拉有6个卧室的宽大的房子里。

劳拉最后扫了一眼电脑屏幕上一大堆待发的电子邮件名址，满意地叹了口气，光标轻轻点了一下“发送”键。

就是这样简单，劳拉有些按捺不住兴奋地擦了擦手：就在这一刻，她向50万个陌生人发送了同一封电子邮件。邮件的抬头一半是“2002年新款凌志车等你拿，千万不要坐失良机”，另一半写着“还可免费前往全美汽车比赛协会旅游、观光”。

典型的垃圾邮件。

41岁的劳拉，如今经营着一个名为“数据库咨询公司”，公司每个月要发送多达6000万封这样的电子邮件。这些邮件也是全球每天在互联网上流动的20亿封非法商业电子邮件中的一部分。

当然，非法商业电邮，已是一个相当温和的叫法。更为通俗、直接的称呼是——垃圾电邮，而这正是劳拉等热衷于发送此类电邮的人越来越被“上网一族”厌烦，甚至憎恨的最直接原因。

但劳拉有自己的看法。按这位有两个小孩的单身母亲的说法，“我只是靠这谋生罢了，像大多数人一样。”

“当然，也有人称我是‘垃圾电邮女王’，说实话只要我没违法，对这个我不在乎。”

在美国，已经有26个州，或多或少地对劳拉这样的“集群电邮制造者”的经营行为作出了限制。

ISP们想方设法设下种种门槛，欲将垃圾电邮从服务系统中“清扫”掉，而各种旨在开发过滤邮件新技术的创业型公司，也获得了不少风险投资的青睐。

维护消费者利益的团体，展开了强大的游说活动，意图促使联邦贸易委员会(FTC)制定新法规以约束垃圾电邮肆无忌惮地膨胀。

但现在美国还没有类似的联邦法规来规范这类行为，尽管FTC已经在不断打击一些明显带有诈骗意味的垃圾电邮活动。

情况正变得越来越糟糕：鉴于许多胆大妄为的垃圾电邮拼命推销色情或快速暴富计划或减肥产品，国会的许多议员先生也不断在谋划新的立法以禁止垃圾邮件。一个在谈论立法过程中经常被议员先生们提起的反垃圾电邮软件公司——BRIGHTMAIL，则发布了一组这样的数据：2002年8月份全球互联网上流动的所有电邮中，垃圾电邮占了36%，比2001年同月增长了8%。

“我们又不是恐怖分子”

尽管这个相对隐秘的商业世界,也不乏一些大公司在从事非法垃圾电邮的生意,但绝大多数还是像劳拉这样的小生意人。

大约在半年前,劳拉和她的三个朋友一道创立了数据资源咨询公司,公司注册金仅为1.5万美元。经营了半年,劳拉的最大心得是,为一个客户发送每1000万封电邮,只要有100个反馈,她就能赚到钱。而她的个人年收入预计有20万美元,这足够维持她和孩子们的体面生活了。

更重要的是,直到目前,她的行为还不算违法:尽管加州、华盛顿和弗吉尼亚都出台了禁止垃圾电邮的法令,但她所在的佛罗里达州还没有类似法令。

这显示出劳拉惊人的平衡技巧:她会随时研究其他州出台的有关禁止垃圾电邮的法令并遵行之,比如她从不刻意捏造邮件的抬头,她也从不会选择第三方的互联网地址或可疑的地址发送信件,她随时不忘提醒收件人有权终止类似邮件的订阅。

当然,她始终没有做的一件事是,她从来也没有将一个特别的“广告提示标签”附在所发的电邮上——而已经有部分州要求垃圾电邮商必须这样做。

劳拉还坚持拒绝发送含有成人内容的电邮,她认为这是“不名誉的”;一旦认定她的客户要推销的产品不合法,她也会拒绝接下这单生意;更重要的是,她只会收集那些有意向或多或少愿意接受一些推销广告的人的电邮地址。而这正是难以管制垃圾电邮的重要因素之一:许多人浏览购物网页,申请免费邮箱,或者进入聊天室时,往往会在不留心的状况下,留下电邮地址。而许多网站,则会利用这一点,使他们没有足够仔细到在“是否接受产品广告”一栏上,明确表示“拒绝”。

鉴于以上原因,劳拉认为,即便以最严格的要求衡量,她所发送的,都不能算是垃圾电邮。

然而她还是无法避免经常被投诉——许多垃圾电邮制造商,通常都不会理会这种抱怨。但劳拉说,她会认真对待每一条要求终止订阅邮件的要求,并确保今后不再向其发送类似信件。

“毕竟我们只是靠此吃饭,我们又不是恐怖分子。”劳拉说。

循环的“钓鱼游戏”

以豪华车和免费旅游为诱饵的公司是一个名叫WFSDIRECT的公司。从1999年开始,这家公司就主要从事“互联网市场推广服务”,说白了,就是帮助其他一些有需求的公司收集有价值的电邮地址。要实现这一目标,WFSDIRECT往往会借助于“赢大奖、拿大礼”等手段,而登录公司网页的人,若有兴趣参加类似竞猜活动,必须把自己的名字、地址、收入等等个人细节一一填上递交。

换句话说,这只是新一轮的钓取更多上网者的游戏罢了。

劳拉此次受雇于WFS,发送50万封电邮。她能得到的好处是,每回收1份完整的调查数据,可得到75美分的佣金,若数据不完整,则佣金下调为10美分。

最后的结果是：劳拉花了两个小时将这50万封邮件发送至全美各地，两天后，有275人打开了这封邮件，这其中又只有65人完成了整份调查，劳拉由此获得的收入是40美元。为了发送这些邮件，劳拉花掉了250美元。

令人失望的收入

0.013%，这样的反馈率，当然让人失望。

“糟透了！”劳拉说。这还不是最低点，劳拉说她遭遇的最低的反馈率是0.01%。生意有好有坏，当然很正常。劳拉所能收到的佣金，取决于买卖的性质，有时她也能拿到一个好价钱：三维立体眼镜，卖掉一个能挣35美元；卖掉一部手机则更多，能得85美元。

所有种种，归根结底还要看劳拉手头掌握的数据库的规模和质量，而这恰恰是劳拉最宝贵的资源：劳拉从一部分网络公司，如EXCITE.COM，ABOUT.COM等，购得或交换来近1亿个电邮地址，她还对这部分数据重新进行了更为精细的划分，比如，她能为客户准确地寻找对高尔夫运动或音乐感兴趣的消费者。

同大部分垃圾电邮制造商一样，劳拉也会出售其中部分资源给其他的商家。

2002年8月，劳拉听说有一家科技公司手头掌握有一批多达1600万的电邮地址，她非常想得到这些资源，但对方开价太高，要20万美元。正在此时，劳拉听闻另一家公司也拥有相当诱人的电邮资源。在她的多次说合下，这两家公司达成协议，相互交换手中的数据库。作为酬劳，劳拉同时也得到了这两批资源。

电信营运商的烦恼

劳拉现在选择发送垃圾电邮的电信服务公司，是已经深陷财务丑闻的WORLDCOM公司。在开业半年来，劳拉的公司已经三次被电信服务商暂时中止过服务，每一次都使得劳拉在接到中止服务通知后的一个月内不能再通过这个渠道发送电邮；而每一次服务商的理由都是，接到了太多针对她公司的投诉。

劳拉于是小心翼翼地避免类似危机再度发生：她已经设法让公司的技术员把每天的电邮流量控制在100万封以内，同时选择多个渠道来发送。

还有一招是：如今她尽量在推销邮件的题头上打上某人的真实名字——劳拉往往会选用她的一些朋友的名字——她发现，“这招管用，因为这会让接收者误以为是相识的朋友发来的信件。”

有意思的是，她现在也为反垃圾邮件公司推销过滤电邮的产品。最近她就为一家封杀垃圾电邮的公司服务，发送出350万封邮件，头一周回收了81份订单，反馈率为0.0023%。但足以有赚了——劳拉得到的佣金是1555美元。依此推算，劳拉估计自己在这单生意上能有2.5万美元进账。

还有一件更有意味的事：最近劳拉收到一封电邮，信中一个不知为何方圣贤的女人称，她是菲律宾前总统艾斯特拉达的女儿，问劳拉能不能帮她把手头所贪污的共1730万美元转移到一个安全的地方。她会付给劳拉一笔丰厚的佣金。

劳拉说：“所有这些，就是让推销电邮蒙上恶名的真正原因，因为有很多人真会落入类似的圈套。”

Google，上帝还是撒旦？

王 永

Google的力量

在网络的世界里，Google已经成了很多人的上帝。人们将Google视为互联网上的伍德斯托克思潮。为了表达对Google的敬意，人们甚至为此创造出一个单词Googlism—Google主义。

如果你在网上遇到一个陌生人，大可不必为对方的"渊博"所吓倒，因为有了Google，网络里的每个人都有了上天入地之能。如果你喜欢BEATLES，可能《黄色潜水艇》的音乐就已经在你耳边响起；如果你喜欢卡尔维诺，对方可能会对你说"如果在冬夜……"；如果你不小心提起周正毅，也许杨恭如的玉照已经出现在你面前……

在网络的世界里，Google已经成了很多人的上帝。"上帝"的子民当然不只是我们，最早被Google的还是美国人。

美国《新闻周刊》在2002年年底发表宣言：Google主宰生活！它使每个人与任何问题的答案之间的距离只有点击一下鼠标那么远。而最新一期的《福布斯》封面文章则无限感慨地说，当所有的目光都投向Google……

也许，一些权威的数据更能体现Google的力量。Google目前已经成为访问量第四大的网站，超过一半的互联网搜索是通过Google完成的，Google已经能够处理86种语言……

而Google的盈利能力也足以让任何一家公司眼热：2000年，Google盈利大约2500万美元；到2001年翻了4倍，大约为1亿美元；而到2002年达到3亿美元。美国一家财务公司预计，这个数字在2003年可能会达到7亿美元。《纽约时报》称其为“Google经济”。面对这样一家高速增长的公司，华尔街的投资行业巨头们开始按捺不住了，他们热切期盼着Google的IPO。网络泡沫带给他们的伤疤尚在，还有什么比迎来这样一个高科技公司更激动人心？不过，Google似乎对华尔街的好意并不领情。两名创始人坚持认为，上市后将导致公司多为短期利益着想，而他们现在还不缺钱花，而且，填写上市的表格也太花费时间了！

几乎所有的门户网站都在用无穷无尽的广告“问候”用户，向他们灌输他们不想要的信息。而Google反其道而行之，将界面尽量做得最简洁，绝不用大量的广告来骚扰用户。此举无疑大大增强了Google在网民中的口碑。Google几乎没有做广告，就已经在世界各地深入人心。

Google只重技术，不重商业的精神也引来了众多网民宗教般的热情，人们将Google视为互联网上的伍德斯托克思潮。为了表达对Google的敬意，人们创造出一个单词Googlism—Google主义。

Google双刃剑

当Google以上帝的面孔吸引了人们的顶礼膜拜，是否也会像撒旦一样控制我们薄弱的意志？

任何一件利器都是双刃剑，Google也不例外。

在Google的超强信息搜索能力面前，人们开始担心自己的隐私。《波士顿环球》曾经讲过一个好玩的故事，描述一个叫莱瑞的普通人如何被Google困扰：莱瑞交往不久的女友突然提出分手，女友责问他为什么隐瞒8年前因盗窃而入狱的事。女友的离去让莱瑞着实沮丧了一阵。莱瑞说："我总不能认识一个人就告诉她，我19岁时犯过罪，22岁时骗过税，24岁时因为婚外恋而离婚吧！可是，Google却把我的这些隐私暴露给别人，甚至与我完全不相干的人。我感觉自己生活在别人的监视下。"在见识到Google的威力后，莱瑞也学会了使用这件利器。

在约会新女友阿曼达时，莱瑞也Google了这个女孩，结果让莱瑞大吃一惊，这个活泼漂亮的女孩竟然是个色情小说家，还是个性虐待者。约会时，莱瑞委婉地提出了这个问题。阿曼达愤怒地说："你竟然Google我！"就这样，莱瑞又过起了单身的日子。不久后，他在Google上再次搜索自己名字时，发现在他个人资料的相关链接中，又多了色情狂、虐待狂等新字眼。莱瑞猜想，一定是阿曼达在报复他。

如果将这些视为Google和我们开的一个小小玩笑，我们对此还可以一笑而过，那么现在，Google带来的更多问题已经引起了很多人的不安。

越来越多的人开始为Google的公正性担忧。Google虽然不像其他搜索引擎那样做竞价排名，并且宣称没人能花钱买到更高的网页级别，但是其以关键词排名收取广告的做法也难以保证其公正性。一个网站在Google上的排名主要是依据与之相连或指向该网站的其他网站的数量而定，从而使Google成了网上知名度的排行榜。一个链接被视为一票，与越重要的网站链接得到的票数就越多，而得票越多的网站排名越靠前。美国的数据恢复集团(Data Recovery Group)一直在Google搜索关键字"数据还原"上名列第四，然而由于某些原因排除在Google的搜索结果之外时，该公司业务马上下跌了30%。甚至还有公司因为自己在Google上的排名下降而将Google送上法庭。鉴于Google目前的强势地位，人们甚至建议将其按照半官方的机构加以管理。

如果说这些是Google和商人们之间的纠纷，与普通人关系不大，我们或许还可以当作一场场闹剧来慢慢欣赏。不过，Google控制的不仅仅是商人，对普通人的控制力量也许更值得深思。

毫无疑问，Google的出现给我们带来了前所未有的方便，但是，在Google将我们与问题答案之间的距离拉近时，是否同时将我们和真正的知识拉远？毕竟，Google提供的浩如烟海的"图书馆"最多只是我们的外脑，而这座"图书馆"是否会助长我们的惰性？也许，很多我们自己应该掌握的东西，我们都交给Google去做了。可以设想一下，如果有一天失去了Google，我们的生活是否也会随之改变？

这样的事情的的确确发生过。2003年年初的时候,因为某些原因,Google被暂时封锁了一段时间,一时间网上各大论坛里的帖子哀鸿遍野。

撇开其他复杂的因素不谈,我们对Google是否太过依赖了?而这种依赖程度似乎有些可怕。当然,除了Google,其他一些搜索引擎也正在迅速崛起。问题是,当你已经习惯了打的,是否还能忍受缓慢的巴士?

当Google以上帝的面孔吸引了人们的顶礼膜拜,是否也会像撒旦一样控制我们薄弱的意志?

Google的成长

人们将Google的成长归之于一半实力,一半运气。

实力来自于Google的两个天才创始人。

1998年,美国斯坦福大学两个叛逆的大学生——Page和Brin从斯坦福大学毕业,并开始进行互联网搜索方面的学术研究。这是两个不折不扣的天才,当时业界对互联网搜索功能的理解是:某个关键词在一个文档中出现的频率越高,该文档在搜索结果中的排列位置就应越显著。而Brin和Page则另有高见,他们认为决定文档在搜索结果排列位置的因素是一个文档在其他网页中出现的频率和这些网页的可信度,网页在受众中的知名度和质量是决定性因素。

这两个大学毕业生不久即发现他们的结果查询方法比其他任何一种搜索都要高明。有一次,他们的系辅导员邀请他们和

Sun的创办者之一Bechtolsheim在斯坦福大学的校园里共进早餐。

这两个大学生向Bechtolsheim做了他们的搜索演示。演示只进行到一半，Bechtolsheim就打断他们，然后为Google公司写下了一张10万美元的支票。

但是，这时又产生了一个问题：Google还没有一个银行账户。甚至根本就没有什么"Google公司"。他们当时还未决定要成立一家公司。支票在抽屉里呆了几个星期之后，他们开始严肃地考虑这一切了。

后来他们筹措了更多资金。截至1999年6月，Google从Sequoia投资公司和 Kleiner Perkins Caufield&byers 公司，再加上斯坦福大学和个人投资者的投资，一共筹措到了3000万美元的启动资金。3个月以后，Google网站正式开通。随后一发不可收拾。

Google的成长除了靠其实力，运气也是很重要的因素。Google的运气来自于当时的行业巨头们对搜索引擎的轻慢。

Google的竞争对手致力于成为门户网站，投入搜索服务的比重不大，这无疑给Google的成长提供了一条夹缝。当网络经济的泡沫破灭，各大门户网站陷入低谷，提供纯技术服务的Google重要性日渐显现，各色公司费尽心思想要提升自己在Google的排名，Google不作广告却更胜广告。从此，它由一个租借便宜办公室、十几个服务器、一群失业了的程序员的小公司一跃成为拥有超过10万广告客户、年收益7亿美元的IT巨头。

当一个行业出现超额利润时，势必会吸引更多人的进入，这是个非常简单的道理。问题的关键在于Google的技术领先优势能保持多久？软件巨头微软当然不会错过这样的机会，市场一度传言微软有意将Google收归旗下，最终遭到了Google拒绝。

现在，微软安排了70多名工程师研究搜索工作，而且很有可能将研发人员增加3倍。面对微软咄咄逼人的气势，人们已经开始谈论Google是否将成为下一个Netscape?

“我们陪艺术家试验，我们赚钱”

——中国当代艺术市场后10年镜像

邓 艾

2004年的上半年，随着区块式艺博会的出现，不难看出艺术市场的拉抬声势早已在中国、韩国、新加坡、日本等国家或地区暗地里展开部署和厮杀。塑造亚洲价值的可能性，已成为众家竞逐的目标。

其中备受关注的，包括刚结束的被誉为2004年春最受瞩目的首届北京中国国际画廊博览会、上海春季艺术沙龙，以及早在3月就开始筹办的台湾画廊协会的年度台北艺术博览会和新加坡亚洲艺术博览会……

播种季节

2002年，对于上海画廊业来说，是一个非比寻常的时期：7家画廊先后歇业。但即便如此，那一年还是有个吃了“豹子胆”的人，开了家上海望德画廊。

主人公沈汉强，辞去了一家效益不错的中德合资企业总经理职务，投身画廊事业。在低迷时期“入市”，沈汉强自有一番见解。此前就有经济学家预测，21世纪的中国，最被看好的，除了信息和服务这两大产业之外，就是文化产业。

这种预测符合马斯洛的“生存、文化、宗教”原理。今天的中国已不再是亚洲的中国，更是世界的中国。一个经济蓬勃发展的国度，将面临着13亿人口精神文化需求的不断膨胀。这么大片的未来沃土，此刻正是文化商人开始播种的最佳时机。

对于一个充满商业头脑的商家而言，职业的玩法，是把艺术品当作经济元素，当成一种长期投资来培植。

套用一般的投资惯例，投资者会将自己的既定资金分别用于不同的投资品种，由此形成一定的投资组合。为求得投资效益的最优化，投资者需要根据各投资品种收益率的变化，而对原有组合作出相应调整。

如此一来，在投资组合的各品种之间就有了一定的替代性。有价值的艺术品也是一种可与金融、实业投资相提并论的投资品种。所以，当金融危机降低了金融投资的收益率时，就可能促使投资人减持金融投资，而增加艺术品投资。

艺术品投资，经济学上称之为“收入弹性很大的非必需品或奢侈品”，它的消费量很明显地受到收入增减的影响。某种情况下，艺术品市场与金融市场也会一损俱损，而并非此消彼长的替代关系。且看亚洲金融危机后，原被日本、新加坡买去的中国字画部分地低价流回中国大陆，就证明了这一点。

不过，个人投资收藏艺术品，也并非一个“利”字了得。

深圳就有个人称“疯子”的商人唐健钧，是做房地产、公路基础建设等生意的。“疯子”的雅号来自于他耗费巨资的艺术品收藏,据说他收藏的字画便有上千幅之多。

唐健钧过得很自在:“投资的失败,生意上的挫折,要不是我收藏的这些字画给了我巨大的精神力量,几个唐健钧早就倒下了……”

艺术里悟出的中庸、宁静、有容乃大的处世哲学,或许才是艺术品价格之外的更重要的价值。“世界上最富有的不是银行家,而是收藏家。”这句话,对于有心得的收藏家而言,自有一番深意。

画廊的“浪漫生意”

为什么有些人的藏品短短几年就会明显升值,而有些人的却只能保值甚至亏损呢?可见收藏的眼光和品种选择也是一个不容忽视的因素。

上海东海堂的徐龙森曾说过:“画廊从业者对某一类型的艺术品和某一类型的艺术家及其作品在相关时间段里的市场走向、在美术史上的定位和当前或未来的市场需求,以及潜在价值的发现,都应有着自我独立的、较准确的判断。”他认为,画廊业与其他商业文化最重要的不同之处在于, 它是整个文化事业的一个组成部分,是人文文化系统的一个因子。

对于同样的问题,在中国艺术界里声誉颇高的沪申画廊总监翁菱,感受尤深。

沪申画廊从开业至今,绝大多数作品已经售出,且价格不菲,平均每幅的价格都在2万美元以上。翁菱向记者透露, 买画的人里，20%是老外、80%是华人，更可喜的是，在这80%的华人里面，国内的个人购买力已经占到了40%。

翁菱指出，一般的艺术流通系统由艺术家、批评家、画廊、收藏家、博物馆和研究者构成。但是目前国内还不具备如此完善畅通的流通体系，其中，展示和收藏中国当代艺术的环节尤见缺乏。因此，现时中国当代艺术作品的大部分收藏和展示都在海外。

像方力钧，属于中国当代最著名画家之一，他的油画价值都在3万到8万欧元之间。这类艺术家的作品在最近几年逐渐风靡国际艺术品市场。但值得关注的是，一直以来，这些中国当代艺术家的作品在国内却鲜为人知。而一般热衷于投资收藏艺术品的人，大多倾向购买历代名家的珍品。

沪申画廊在开张不久就有不俗的成绩，这让翁菱很是欣慰。翁菱的秘诀在于：沪申画廊几乎只与已在国外获得知名度的艺术家合作，只有打出“国际知名”的牌子，才能吸引国内的收藏家不惜出大钱购买作品。

形成这种怪圈的原因，翁菱认为，是在于“中国当代艺术在不断赢得国际认可的同时，至今尚未作为一个整体，充分进入本土主流社会及公众视野，它导致中国当代艺术品的价值判断主动权和收藏长期以来一直漂浮在外，这是一个缺憾。如果将时间的坐标放得长远些，毋庸置疑，这一缺憾将令我们或是我们的后人在清理这段文化历史时遭遇新的、难以弥补的尴尬和空白。”

翁菱的这段告白或许能反映当代艺术品市场的某种现状，而她自己则表示，希望能为推动中国的当代艺术尽其所能。她的计划包括今后两年内再举办10个展览，每次都分别展出20到25位艺术家的作品。

中国的企业家们正努力拥抱互联网、纳米技术、基因工程……而实业界的介入也一定会给艺术界带来很大的推动力量，帮助当代艺术的理念推广到中国的主流阶层和精英阶层，让文艺界、知识界、时尚界、金融界、企业界都来关注和支援当代艺术。

尤其重要的是，这些用自己的笔触和思想，用绘画、雕塑、环境、影像、建筑等形式记录着的民族的变迁、父辈的坎坷、自我的体验、生存的价值以及和自己的生活、记忆有关的当代历史，也将会是留在中国，而不是外国！

“我们愿意陪艺术家试验，这是我们做艺术的浪漫的选择。我们没有当成生意来做，如果当成生意来做，我认为这个生意太小。”翁菱说。正因为选择的都是已经成名的或正在崛起的艺术家，沪申画廊才可能成为一个美术馆级别的画廊，“我们会跟艺术家有同样的精神准备，接受可能的困难和挑战。”

而那40%的来自国内的收藏者，在以后的时间里，也定能证明自己收藏的不仅仅是一件艺术品，更多的是收藏了和自己有关的一段历史。

企业介入

翁菱的展览计划的出台，与赞助商登喜路公司不无关系。事实上，企业界在投资收藏艺术品这一新的投资、集资、融资、增资领域中，也逐步显现了势头。出于一种战略性考虑，这些企业已看到了中国艺术品市场的未来性。强势经济、WTO、奥运、环境等大气候都在说明,中国概念是未来的一大潮流,而亚洲价值的缔造,核心应在中国。

企业收藏艺术品的故事和个案不少。比如美国大通银行,多达17000件的当代艺术珍品使企业的文化形象、知名度及盈利额不断上升,一举三得。

又比如著名的《向日葵》计划:1987年,日本安田保险公司以3400万美元的高价,从伦敦佳士得买走凡·高的名画《向日葵》而声名大噪,公司也借此名扬四海。这里还有一则掌故,该公司曾参加澳大利亚海上油轮的保险投标,当时,有几十家财雄势大的保险公司参加角逐,而当安田保险公司的负责人告诉对方自己就是购买《向日葵》的那家公司的代表时,对方没有犹豫地让安田包揽了这一业务。安田的负责人自豪地说:"安田有今天的成就,《向日葵》功不可没。"

再看看建立于20世纪70年代初的英国铁路养老基金会,从20世纪70年代中期进军收藏市场,先后投资2000万英镑购进大批珍贵艺术品。10年后,回报之日终于来临:一部希伯来文版的古老《圣经》购进价为17.9万英镑,拍出价为200万英镑,增值率高达102%;一只中国元青花戏曲人物庭园图罐,进价14.3万英镑,拍出价为308万港元,上涨近22倍。

国内的例子如广州市建设银行于1995年以600多万人民币的高价买走了著名油画《毛主席去安源》,至今仍被行内人士称道。

其实,艺术品的每一次购买活动,都是一次投资活动和公关手段,相当多的企业看好这种方式。另一方面,与其他投资相比,存款、债券利率相对较低，股票、期货、黄金、外币变化多风险大，而艺术品则相对较为稳定和获利较高，并且它的信誉增长值和知名度增长值都不是数字可以衡量的。

按国际通行的说法，一个国家艺术品市场的启动条件是人均国民生产总值为1000~2000美元，而中国沿海地区的经济发展程度已达到这一水平，这是收藏市场兴起的经济基础。

相关资料显示：进入20世纪90年代以后，企业收藏古玩艺术品在我国已经达到一定规模。1997年的中国近代艺术精品拍卖会总成交额的9700万元中，有一半是企业注入的。在过去的六七年中，国内企业的大胆介入，至少使60%的古玩艺术精品免于流向国外。

当然，如果企业决定介入艺术市场，但又对市场的价值和规律不能正确把握，其损失也将是惨重的。

当年，天安门宫灯沸沸扬扬的拍卖收藏就是一个前车之鉴。失误在于，这家企业在没有弄清艺术品真正含义的情况下，以1380万人民币的价格将既没有很大收藏价值，又不好安放的两盏大大的宫灯买下，导致资金被占，企业一度陷入困境。

在中国，有确实的估算表明，目前艺术品的价格正以平均每年30%~50%的涨幅迅速增值。刘松年的《四景山水》画，估价1.5万至1.7万元，最后成交价2.1万元。朵云轩拍卖的书画中，20万元以上的有20余件，徐悲鸿的《独立仕女图》以50.6万元成交。上海虹口拍卖行曾接到香港和澳门的客户要求3万元求购刘海粟的风景画，而内地有买家提出5万元的竞价，结果经过激烈的50余回合，终以8万元被内地买家夺标。

企业艺术品市场应是艺术品市场成熟阶段的产物。投资收藏不仅体现了一个企业的经济实力，也是体现企业家战略眼光的一个侧面。

现在再回头看看第一届中国国际画廊博览会，一个完全由经纪人参与的国际画廊博览会，拒绝个人参展，力推艺术品经纪人制度，这将意味着一个艺术品市场新纪元的开始。

规范而蓬勃的艺术品市场是企业介入的先决条件，这也象征着艺术品产业化的基础阶段在中国第一次被有意识地凸显出来。

上海画廊：一只笼子在等待一只鸟

贾维琰

东海堂画廊

如果说中国画廊业在时间上可以上溯的极限是10年，那么徐龙森和他的东海堂就处在这个极限的顶端。

20世纪90年代初，绝大多数中国人听到画廊这个词时，一定会以为这只是画店的一种别称，就像理发店要叫做发廊、美发屋一样。很多画家也同样不明白，凭什么要把自己的画交给画廊去卖，白白让别人赚去一笔佣金？

徐龙森就在这个时候开了东海堂。当时，他在雕塑和油画上已经颇有成就，又热衷于收藏，“开画廊的人自己首先得是个鉴赏家，我自信能鉴赏出画的好坏，也能甄别老画的真伪。而且因为做的是自己喜爱的事，哪怕是一分钱不赚也不会后悔。另外，当时国内的艺术品市场还没有启动，早介入就有机会收藏到许

CITICORP

新生活风向标

多经典的作品。”

东海堂画廊最初设在梅陇的一幢西式别墅里，1996年搬到茂名南路。除了二楼的画廊，还在底层设了一个酒吧，叫旧吧。

客观地说，东海堂在上海市民中的知名度有很大程度上是来自于这个旧吧，浓浓的二三十年代老上海风情吸引了无数怀旧的人。许多非艺术爱好者是先看到茂名南路上那个老上海风格的旧吧，才知道东海堂，然后才知道楼上的东海堂画廊。

但是在收藏家那里，说东海堂早已蜚声海内外并不过分，这里最大的特点是收藏了许多中国第一代油画家的作品。在今天上海林林总总的画廊中，能像东海堂拥有这么多老画的画廊是非常罕见的。

到现在，东海堂已经有了很大规模。2000年11月和2001年3月2日，新开的两处东海堂画廊分号把原先放在茂名南路的藏品分成两部分。徐龙森对这两家画廊的定位和风格有很明确的区分，虹桥路上的是东海堂典藏馆，放在那里的作品和画家都是已经进入美术史的。而绍兴路上的东海堂现代画廊则是针对画坛的后起之秀，展出的是与东海堂签约的年轻画家的作品。

虹桥路上的东海堂是一座19世纪末建造的西班牙风格的三层别墅。如果不是有约在先，相信没有人能摸索到这里来，画廊的别墅隐藏在曲曲折折的院子里，不显山不露水，除了门牌号码，没有任何标记能让人认出这里是一家画廊。

选这样幽僻的地方，如此低调的处理，是主人有意为之，“这里陈列的都是老画，来的都是很懂行的收藏家，而藏家的圈子其实是很小的。像这样的画廊，如果不是真爱画的人，你请他来他也不会来。”

二楼的一个房间里，十几幅油画就那么随意地挂在墙上，倚在屋角，走近一看，落款的名字竟是徐悲鸿、刘海粟、潘玉良、关良、陈抱一、关紫兰、沙耆……让人不得不惊讶于东海堂的藏品之精，也一下子明白了徐龙森所说的“这里只收藏进入美术史的人物的作品”。

设在绍兴路上的东海堂现代画廊则完全是另一番风格，纯黑的外墙、朱红色的大门以及大门上金色的门钉，十几米以外就能看到。这里展出的都是与东海堂签约的年轻画家的作品，刘广云、林菁菁、许娜、李振鹏等。

最后还要说的是东海堂这个名字的由来。据史记载，夏朝东夷族首领伯益，嬴姓，协助大禹治水有功。其子受封于徐，为徐国（辖境为今江苏省西北部和安徽省东北部，中心在泗县北），以国为姓。周穆王时，徐偃王治国有方，势力范围扩大到今山东省南部、江苏省北部、安徽全省和浙江省东部。而鲁南、苏北属东海郡，所以后来历代徐姓都以“东海”为堂号。

香格纳画廊

香格纳的老板是个瑞士人，叫Lorenz Helbling，他把Helbling变成“何浦林”，就是他的中文名字。

何浦林能说一口流利的汉语，他在中国的时间断断续续加起来已经有近10年。1985年，何浦林从瑞士苏黎士大学艺术系到复旦大学来学习中国历史和中国电影，“我的德文硕士毕业论文是关于电影《芙蓉镇》的研究，这篇论文是苏黎士研究生大学的历史、中文和艺术三个教授合作才看明白的。”

毕业后，何浦林去了香港，在一家画廊里打工。1994年，他又一次来到上海，经营起香格纳画廊。

香格纳的起步非常艰难，最初的展厅只是波特曼酒店里一段空着的白墙，酒店把这块地方免费给香格纳使用，提供给他们一张椅子、一根电话线。

就在这被何浦林称为“走廊画展”的两年中，香格纳举办了5个个展。“我们办的第一个画展是丁乙的个展，15张红格子画挂在墙上，当时大家都觉得我有毛病，当然，也会觉得丁乙有毛病。”

1996年，波特曼要装修，香格纳也结束了它“走廊画展”阶段，几经周折，搬进了复兴公园后门的一间门面简朴的小屋里。

香格纳画廊代理了20多位中国画家，风格几乎都很前卫，丁乙、申凡、李山、浦捷、曾梵志、周铁海等等。

一进门的书架上有一大排画家的资料，除了印刷的画册，还有20多册香格纳自制资料夹。因为画册一般都是为某一次画展专门出版，收录的只是当次参展的作品，但这些以个人为单位的自制画册中，几乎包括了一位画家从早期到成熟后的所有作品。从搜集到整理，再一张张插进去，这是一项既费时又费力的工作，没有任何直接的商业利益，完全是为到这里来的客人提供参考的资料。这样做的原因，何浦林希望香格纳是画廊，也是一家艺术中心。

当初决定要在上海开画廊时，何浦林听到的是一片反对的意见，因为中国大陆还没有成熟的艺术品收藏市场，开画廊只不过是在培育市场。但他还是执著地开了香格纳，“我热爱艺术，我的父亲和弟弟都是画家。同时，我喜欢上海和它的文化背景，上海人对什么都充满兴趣的劲头很让人振奋。经常有一些在复兴公园锻炼的老人会顺便到我的画廊里来看看，如果看不懂就回家把他们的孙子带来，说你们应该看得懂。而且，上海的艺术品市场要逐渐成熟，首先要有成熟的画廊，就好像发展中的上海先要造高架、造地铁这类必备设施一样，我甘愿先当几年‘高架工人’。”

现在，上海以及中国的艺术品市场仍然很不成熟，但香格纳已经在画廊界得到了广泛地承认。2000年，作为中国大陆惟一的一家画廊首次入围巴塞尔国际艺术展，这个艺术展被称作“艺术品世界的奥林匹克”，向来以入选艺术品的高水准而驰名。

艺博画廊

“处在专业与非专业的边缘，努力让普通人都能够接受、理解和欣赏。”这是艺博老板赵建平对画廊的定位。

艺博是一家更强调商业上成功的画廊。这与赵建平本人的经历有关，在1998年开这家画廊之前，赵建平的职业是农业银行浦东分行的行长。放弃一个行长的职位跑来开画廊，这已经有点离谱，而这个半路出家的画廊老板竟然还把艺博经营得有声有色，在很大程度上，这得益于他数十年在银行工作所积累的商业经验和关系网。

一家注重商业成效的画廊在选择画家上自然有它自己的标准，艺博的10余位固定签约画家多为20世纪70年代以后出生，但风格却并不前卫。一般而言，越是前卫的东西越难以被大众接受。从市场的角度来说，这种处在专业与非专业的边缘的风格，在商业上更容易得到认可。

艺博的签约画家中有一些还名不见经传，正处在需要画廊来努力培养扶植的阶段，同时也不乏已经很有影响力的画家，比如现在人气很旺的夏俊娜。

夏俊娜是艺博画廊的第一个签约画家。这位70年代初出生的女画家，在与艺博签约之前就已经小有名气，一出校门就屡获奖项，在2000年的“中国百年油画展”中，夏俊娜是参展者中最年轻的一位。美术评论家李小山说：“在当今的画家中，很少有人像她那样受到各方面的欢迎，这是因为，夏俊娜的作品正好处在前卫和传统的中间，处在高深和通俗的中间，处在美丽和艳俗的中间……”

与夏俊娜的合作，无疑是艺博画廊商业运作上极成功的一笔。在2000年的上海艺博会上，夏俊娜的画售出了3幅。

除了选择画家外，从选址上也能看出赵建平对商业效果的注重。艺博坐落在浦东陆家嘴，对面就是金茂大厦。把画廊开在这样一个人流量极大的地方，其目的不言而喻。

因为现在国内画廊业的运作很不成熟，赵建平非常强调建立一个健康的艺术品市场机制和画廊体系，“在国内画家与国内画廊签约甚少的年代里，希望我与夏俊娜之间的合作方式能成为一个良好的合作范例。”

顶层画廊

在顶层酒吧尽头的一面墙上,挂着许多照片,是各种各样的脸孔,他们都是在顶层画廊开过画展的艺术家。

墙上挂着的人脸,常常会出现在顶层,他们构成了这里客人的主流,此外还有一些艺术爱好者。可以说,顶层酒吧就是为了这些艺术家和热爱艺术的朋友而设的。

顶层在南京路先施大厦顶层,包括画廊和酒吧。从开张到成为上海知名的画廊,只用了短短几个月。出名如此之快,在很大程度上要归功于吴亮。

以写文艺评论起家的吴亮是个很有影响力的人物,据说在20世纪80年代的文化圈里——假设确实存在这样一个叫做文化的圈儿——几乎没有人不知道吴亮。1990年后,吴亮的兴趣从文学转移到了艺术,开始关注起中国的画家及他们的作品,还出过一本专门评述画家的美术评论集《画室中的画家》。

然后,吴亮开了顶层画廊。

能体现出顶层特色的是外间的酒吧,设计者是王澍。整个酒吧以红色和黑色为主,黑色墙壁是冰冷的钢板,地面上镶着玻璃,牛皮制成的坐椅,所有的材料都裸露在外。吴亮说:“许多酒吧的装修总是要搞出点风格来,比如殖民地风格什么的,有意要通过环境把人引入到某种幻觉中去。我这里就是要保留现场感。”

从2000年4月开张到现在,短短不到一年的时间里,顶层已经举办过多次画展和其他的艺术活动，等待、红色、苏州河、POP-TOP、生活在别处、时代肖像、皮上伊甸园、暧昧等主题展。

除画展之外，顶层还利用画廊与酒吧之间的一块小舞台做小剧场演出。由复旦、同济等高校的一批文艺青年所组成的民间的戏剧工作室“夜行舞台”，曾在这里进行过一个很前卫的演出，叫《山海精》。

顶层画廊代理的都是还没有成名的画家，吴亮选择画家的标准是“边缘”。为了说明“边缘”这个词的准确含义，吴亮举了一个很形象的例子：“比如说是在剧院门口，那些拿着票走进门的，当然就是主流，手里拿着钱等退票的，是非主流。从剧院旁边路过，对这一切都漠不关心的，才是边缘。”

顶层所做的，就是发现这种边缘画家。当把“边缘”变成“主流”之后，再去寻找新的“边缘”。

海上山

刚刚在南京路上开张的海上山其实已经有十几年的历史。开创于1988年的台湾隔山画廊是它的前身。2000年7月，隔山画廊移师北上，在上海开创了海上山。

开画廊的人首先得是个热爱艺术的人。海上山的老板关兰出生于艺术世家，画家关山月是她的伯父，关兰本人也毕业于国立台湾大学美术系，主修国画。

不管是台湾的隔山，还是上海的海上山，加强两岸艺术交流一直是他们重视的领域。当年隔山画廊代理的就主要是大陆画家，并且策划过许多展览，如第八届全国美展获奖作品展、上海朵云轩藏画精品展、吴冠中首次台湾个展等等。

在上海，海上山仍以代理大陆中青年画家为主，像蔡小华、王赛、洛齐、李帆、李季等人。与此同时，他们仍然在努力加强两地的艺术交流，刚刚结束的“新境·心镜”联展中，展出了来自大陆和台湾的罗青、田黎明、王天德等八位水墨画家的作品。而4月份在画廊里展出刘其伟个展，这个已经90多岁的老人在台湾非常有名。

与上海的其他画廊相比，海上山感兴趣的范围更加广，除了油画、国画之外，版画和雕塑也在他们的视线范围之内，3月份展出的就是李帆石版画和王家增铜版画联展。

私家博物馆

李　路

在素来有“收藏半壁江山”的上海,很多收藏家把自己多年积累的丰富藏品进行整理记录、分门别类,在自家的居室陈列柜架,并对外开放,这样便出现了民间收藏馆(或称私人收藏馆),从“独乐乐”走向“众乐乐”。

“收藏于家、展览于家”

周伯钦先生有一个别号——“周储家”,取义有二。其一,“储”即收藏,“储家”者,收藏者是也。从1879年广东巧明火柴厂出品的“太和舞龙”火花、“麒麟凤第一火柴”到抗战时期广东东山火柴厂出品的“国耻纪念”火花、“双十纪念”火花,以及从海外舶来的印有各国历届元首头像的火花,洋洋洒洒,蔚为可观。花费了40多年的时间收藏了国内外200多家火柴厂制造的10余万枚各色火花,“储家”的别名对周伯钦先生而言,自然可谓是名副其实了。

周伯钦先生在退休前曾是一位警察,看他一身上海市公安局三级警监的戎装，似乎怎么也是武威胜于文气,“我自小就很喜欢火柴盒上那些漂亮的图片,但要说真正开始进行收藏,那还是在读到华君武先生发表在《人民日报》副刊上的一篇关于火花收藏的文章。那时还在‘文革’,搞收藏很容易被人误解为小资产阶级的荒唐行为。”说着,周伯钦先生拿出一套华君武先生赠予的签名火花和题字来。

当然,光是收藏并没有什么值得稀奇。“储家”的第二个取义便是“收藏于家、展览于家”。周伯钦先生把自己坐落于12楼的居室改造成了一间空中私人收藏馆,并于每日免费开放参观。一间长宽不过十几平方米的家居斗室，四壁贴墙安置着上了光漆的木质书橱,一本本硬壳收藏集如阶梯般分类排列得整齐有序,并在靠窗的角落里支上一套红木桌椅、搁上半杯绿茶,好让前来拜访的客人与主人一起,舒适地玩味那一张张方寸大小、色彩斑斓的火花藏品。“之所以会开这么一个私人收藏馆,多少也因为老伴一句‘一个人乐有什么劲?还不如拿出来和别人一起分享’。倒也因此结识了海内外许多志同道合的朋友，彼此交流、取长补短,而并没有什么功利目的。”

“独乐乐”到“众乐乐”

类似周伯钦先生这样的民间收藏家,在素来有“收藏半壁江山”的上海为数不少。他们大都是以个人收藏和家庭收藏为基础，在自家的居室陈列柜架，并对外开放，这样便出现了民间收藏馆(或称私人收藏馆)。藏品种类五花八门，从常见的邮票、货币、筷子、扇子、报纸、商标、徽章到戏服头饰、金石书画、文献史料。同时，这种家居式的民间收藏馆灵活多样，不拘一格，无需租用店铺，且在命名上也大都较为随心所欲，不需要经过任何具有法律效力的申请和批准程序。

但是“麻雀虽小，五脏俱全”。这些微型民间收藏馆虽然在场馆规模、陈列布置、设施功能等等硬件方面，无法与国有博物馆相提并论，却是能做到“人无我有、人有我精、人精我全”，有效地起到“拾遗补缺”的作用。如陈宝财蝴蝶标本馆、蓝翔民间民俗藏筷馆、吴浩源雨花石馆等等，便是以“小、专、特、奇”在海内外民间收藏界搏出一方天地的。

“沪上珍宝甲天下，虹口藏宝冠申城”。周伯钦先生还是我国成立最早的省市级法人收藏社团“上海收藏欣赏联谊会”的常务理事，兼“上海虹口区收藏学会”的常务副会长；而他的私人火花收藏馆同样也是这两个民间收藏团体的正式成员。

“上海收藏欣赏联谊会”和“上海虹口区收藏学会”是目前上海最富有影响力的民间收藏团体，前者成立于1987年1月4日，后者则成立于1992年3月12日植树节，两者都是正规的法人团体。当初大家只是本着对收藏的喜好走在了一起，相互交流促进、丰富彼此的收藏；但随着学会的渐渐成长和一系列活动的开展，便开始希望通过有组织、有规范的目标和活动，将单纯的收藏兴趣升华为有一定深度的专业知识和能力。选择植树节这一天作为学会的成立日，便是寓意学会能像绿色的树木一样生机勃勃、茁壮成长；同时，通过举办各类免费参观活动和展览，希望有更多的人加入到收藏的队伍中来、开办自己的私人收藏馆，将收藏所带来的乐趣与更多的人分享和交流，就好像森林的光合作用一般。”

到2003年，“上海收藏欣赏联谊会”和“上海虹口区收藏学会”已分别走过了16年和11年的发展岁月，所接纳的会员也由最初的10多人陡增到现今的上千人，这其中有军人、上班族、企业家、学生等等各行各业的人群，年龄层横跨70多载。其所辖的上百家私人收藏馆中也有20家被列入上海旅游节的景点目录中，且被《上海年鉴》记载。学会还发行了自己的收藏期刊《收藏家》、《收藏与艺术》等等。此外，学会还在上海市及其周边地区定期举办藏品的参观展览活动，如“春节饮食文化交流展”、“中外徽章艺术展”、“海派收藏文化展”等等，成为弘扬中华民俗文化的“第二课堂”，并将这股“私人收藏风”吹到了海外。

“2002年4月中下旬，我们学会到韩国进行民间文化交流，在釜山的市立博物馆隆重举办了‘中国民间收藏精品展’，有5万余名韩国民众参观了我们的展览。”周伯钦先生不无自豪地说。

“以藏养藏”

然而，家居式的私人收藏馆毕竟只是民间收藏馆系统化和专业化发展进程中的一个早期雏形，随着收藏者专业知识的不断累积和收藏意识的逐步深化，好比路东之的“古陶文明博物馆”、马未都的“古典艺术馆”、王培真的“北京遗箴堂金石碑帖博物馆”、“何扬、吴茜夫妇现代绘画馆”这般跳出了单一家居模式、真正走出平米斗室，具有与收藏宗旨、任务相适应的固定公开馆址和辅助设施，并对藏品进行科学且系统性的收藏、展览、保护和研究的私人收藏馆，才是民间收藏馆真正可取的发展方向。

“上海虹口区收藏学会”最早创始人之一的蓝翔所开办的“上海民间民俗藏筷馆”，便是极好的例证。蓝翔曾是一名解放军文艺战士，参加过抗美援朝战争，于1978年开始收藏筷子，并创下了我国箸文化发展史的六个第一：第一次举办藏筷展、创立第一家藏筷馆、第一次出版“箸”文化专著、第一次创办筷子文化节、拥有第一双吉尼斯纪录的红木特长筷、大陆第一次应邀赴台湾办筷展进行箸文化交流。而他开办于1988年7月的私人藏筷馆也在其收藏专业认识不断深化的过程中，逐步走出了“家居”的旧有模式，而正式在多伦路文化街191号开始了正规私人博物馆的运营生涯，真正做到了“以藏养藏”，并被收入了《中华之最大典》。

民间藏馆的兴起和发展，从“独乐乐”到“与众乐乐”，为都市人们的生活增添了一道亮丽的特色文化风景线，及一份妙趣横生的收藏雅致。

零度空间·百年影像

这个巨型的地下冷库属于比尔·盖茨。这里离地面220米，干燥、凉爽，一年四季保持着春天般的16℃恒温。当微风在过道里吹过的时候，人们能闻到一股似乎是尘土的味道，或者是一种比尘土更为古老的气息——这个101年前爆破而成的巨大地穴里的石灰岩的气息。

四周很静，惟一的声响是某种持续的低沉的隆隆声，有点像轮船的发动机。这是一条狭窄的通道，跟一条普通乡间小路差不多宽。在每个拐弯处都设了保安警卫。

“随身带着它吧。”门口的警卫说着，一边把一个灭火筒递进车内。顺着他的指引，我们看见前方那灰暗蒙胧的一片空地，就从那里开始，一条条灰色的隧道向着不同的方向蜿蜒伸展，深入这个巨大的迷宫……

百年视觉档案的危机

欢迎来到伊恩山——这是目前世界最大的私人拥有的商用地下冷藏库。比尔·盖茨，这位微软王国的掌门人，已经将其私人收藏的大量珍贵历史图片转运至此。这些藏品的数量约为1100万张，包括底片、正片、幻灯片等等，而且这个数字还在不断的递增之中。这里是盖茨王国的一个巨大的缓存区，储存着20世纪视觉文化史的重要部分。

不错，它可能是目前世界上惟一的私人大型地下冷库，或许还是最具争议的一个。

所有图片是在2001年由18辆冷冻运输车运抵这里的。而在此之前，它们的原驻地是曼哈顿百老汇区的一排破旧大楼，这些原属布特曼图片档案馆的藏品已经在那儿放了好几十年了——那当然是个好地段，除了一个致命的问题：这些珍贵的照片正在步向死亡——它们发黄、褪色、起斑、皱褶，急需抢救。

其实，面临类似困扰的远不止布特曼图片档案馆，这仅是问题的冰山一角。在过去的20年间，许多收藏和保管图片的学者发现，人们在过去这100年——也是摄影术诞生的100年间——拍下的照片正在经历一场严峻的考验，由于照片本身物质的化学反应，随着时间推移，它们将不得不面临报废的结局。假如不采取有效措施，这些珍贵的图片资料将会在未来20到50年间渐渐报废。

这个已经相当严重的事实，在行外还未被充分地认识，但对于行内人而言却是触目惊心的。毕竟,在一般人的认识里,照片似乎就是拿来永久保存的,它不会改变、不会消亡,它是人类留给未来的书信,是我们抓住记忆的把手,是历史存在的佐证。

“我们有一个世纪的黑白照片需要对付,”图片永久保存协会的理事吉姆·瑞利说,“还有二战后出现的彩色照片。情况相当危急。这不只是拥有这些图片的公共或私人机构的事,这关乎我们整个社会。我们整个20世纪的档案已经岌岌可危……”

现在的解决办法，就是造一个冷库——越冷越好。于是,在1995年收购了布特曼图片档案馆的考比斯(Corbis)公司(属盖茨所有),开始建造这个高度精密的地下空间。

布特曼图片档案馆一直属于私营机构,主要业务是为纽约的出版界及广告业提供图片资料的租赁服务,在业内颇有声誉。80余年的经营历史使这家老公司逐渐带上了半公营机构的色彩,类似于一个收藏图片资料的公用图书馆。于是图片的远迁自然就引来老主顾们的不快，因为他们本来咫尺可及的资料库被一下子搬到了8小时车程以外的一个山窟窿里。

对于图片大搬迁的举措,考比斯公司的解释是:这完全出于商业需要,因为不搬就等于废了它们。同时也指出,其行动同样出于公众责任的考虑，因为保护这些文化遗产对人对己都同样重要。为了方便客户,考比斯公司已经开始实施他们的图片扫描计划——把所有图片转成数字化文件并放上网络。这样,无论你身处何方,只要有台电脑,就能轻松浏览和使用图片库。那时,物理方位已经不再重要。“冷库是一个地下储存仓，不是一个坟墓。”考比斯公司的有关负责人强调。而即使对于那些喜欢用传

10
EB-2
6
5
7
7

新生活风向标

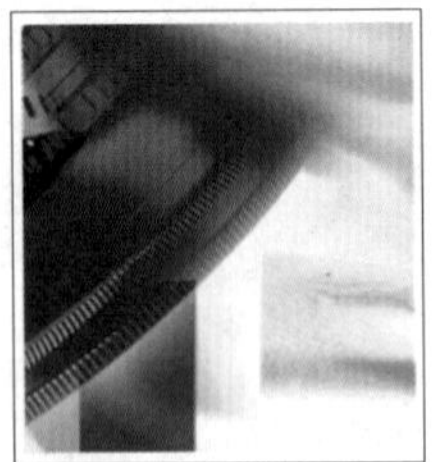

统方法查看图片的客户，考比斯公司同样欢迎他们亲自造访伊恩山的地下冷库。

不过，还是有人不满意，他们质问，究竟有多少图片会被拿去扫描呢？而且，有没有一个恰当的审查制度决定哪些图片应该被扫描呢？

难道得让盖茨来决定公众能看哪些图片不能看哪些图片吗？

这些反对之音多少有些过分。说到底，考比斯公司是布特曼图片档案馆所有藏品的合法持有人，它有权对这些图片做任何处置。问题只是，正因为考比斯属于盖茨，这才牵涉到了盖茨个人的信任度问题，这个因为垄断色彩而备受诟病的世界首富又多了一条垄断"罪状"。

盖茨王国的缓存区

伊恩山地下冷库就在宾夕法尼亚州一个叫贝雅斯(Boyers)的小村庄下面，距匹兹堡以北大约105千米。自1950年地下室开启使用之时，这里就保持着"冷战高度"的严密保安。

及至"9·11"以后，要进入这里甚至比进白宫还困难。要找到这个隐秘之地，你得从伯特莱(Butler)镇开车一直往北走，越过条条盘山公路，经过好些个小镇和大片田野。这里的东北面不远就是Allegheny国家森林公园，红尾鹰就在头顶飞过。

终于到了，一条宽敞的车道和标志牌出现在眼前。沿着访客专用车道，是三步一岗五步一哨的警卫亭。全副武装的警卫、重重的关卡，直到通过一个大门时，还要进行一次全车检查。这之后，你才算来到真正的入口，这里有更多的警卫，他们会给访客分发安检证章，还有一个灭火筒，以防有访客的汽车突然着火。

好了，你终于进入这个别有洞天的地下迷宫了。这个地下城，配备有5辆消防车的消防队、24小时保安队伍、EPA（美国环保署）认证的空气及水过滤设备，还有一排像旅游大巴般大小的昂贵的空气抽湿机。即使地面上发生了天大的事情一切陷于停顿，这里的发电装置仍可以维持整个地下室至少一个礼拜的如常运作。

贯穿着伊恩山地下冷藏库53公顷空间的，是长达32千米的车道，而这只是整个405公顷的矿洞的八分之一。来访者、还有这里的1600名工作人员的地下交通工具是电动高尔夫车。狭窄的车道两侧和顶部，是灰色的褶皱层层的石灰石，看上去就像灰色湖面吹起的重重涟漪。

穿过这些走道时，会不时看见一个个红色的金属门。这些金属门的背后就是一个个独立的储存室，这些储存室的租户包括了时代华纳、环球影业公司、联邦预算管理办公室及美国国家档案馆等等。储存室里摆放的是长长的一排高及屋顶的金属架，架子上的藏品都贴着条形码和标签，标示图片的材料及分类，从电影胶片到录音磁带，从缩影胶片到录像带等等，不一而足。

在考比斯公司的办公区入口左侧，有一个明亮的等离子屏幕，尺寸和一个沙滩橡皮筏相当，以大概每分钟6幅图片的频率，滚动播放他们的珍贵藏品，都是刚过去的那个世纪最美的也最具标志性意义的历史图片，叫人目不暇接。

给历史的冷冻处方

20世纪80年代末期，当盖茨建立考比斯公司时，他赋予这家公司的使命就是：搞清在未来的个人电脑时代，电子图片将扮演怎样的角色。其时，互联网还处于初级阶段，公司里没有谁能说得清电子图片市场将是怎样一种形态和规模。而盖茨当时已经开始收藏艺术品和珍贵图书，他深信电子图片一定大有作为。

到20世纪90年代中期，考比斯公司买下了布特曼图片档案馆，开始拥有了自己的原始资料库。其后又收购了专门从事新闻图片业务的萨巴和塞格玛图片社。之后再相继收购了从事自然、太空、艺术等方面专业图片业务的大小图片社，逐步发展成一个综合型的图片供应商。

考比斯的CEO史蒂夫·戴维斯给公司的定位是：作为一个超级供应商，一个电子图片的大型批发商，为世界提供永不腐烂、随要随有的图片。

这是理想。现实的问题是，原始图片都面临着分解腐化的危险，其速度甚至超出了他们的扫描处理进度。

考比斯公司不得不求助于专家。其中最有名的一位就是亨利·威廉(HenryWilhelm)(他的《彩色照片的保存和护理》一书是行内权威典籍)。应考比斯的要求，威廉写出了一份21页的报告，列出各项拯救方案，其中包括了地下室监护。

威廉的处方或许是激进的——用零下温度的冷库储存所有藏品。在那样的温度下，照片的老化能被停止。事实上，在自动调温装置的保护下，所有藏品都可以横跨5000年甚至更长的生命周期。

对于心存疑虑的人，威廉用冰河时期长毛象的故事解释其理论。1999年在西伯利亚出土的长毛象遗体，相信距今已有两万年之久，但由于它在尸体腐烂之前就在冰窟里被完全冷冻，因此至出土之日，其整个躯体和结缔组织都完好无损。这是冷藏效果的最佳实验——干冷的环境就拥有这样的保鲜威力。

长毛象的故事令人深受启发——照片的凝胶层就是用牛的结缔组织为原材料的，这和长毛象本质一致，因此冷冻法也绝对适用于照片。

影像泛滥时代的重负

事实上，考比斯公司已经在不断加快扫描图片的进度。问题是，1100万张啊！目录里有多少图片要被数字化处理呢？要数字化一个如此庞大的图片库，可并非把图片放进扫描仪然后按下按钮那么简单的事。

一张低清晰度的图片（比如用于电脑屏幕显示的图片）能迅速生成，而且并不昂贵，大约只需3美元。而高质量的图片则需70美元一张，对于广告公司和杂志社而言，还是颇有吸引力的价格。

但是，即使扫描图片的花销并不至于过分高昂，进度缓慢还是另有原因的。考比斯公司的研究员们发现，在1100万张图片库存中，仅有10万张曾被顾客查看过，而其中只有75000张曾被出售。

考比斯于是开始了工作量同样巨大的文档编辑工作——研究哪些图片好销,而哪些图片又可能即将走俏。这些研究人员得像未来学家那样思考问题,比如:谁快要死去?谁将会登基为王?谁会获得下届奥斯卡奖?谁会发动一场战争?

考比斯面对诸多问题,其中一个也是世界各地许多档案馆都会面对的,那就是:多少图片才算个“够”呢?档案保管人认为,我们对于图片的热衷恰恰使我们自己淹没于图像的汪洋。在拍摄技术被发明的这一个世纪以来,我们制造着越来越多的照片,它们远远超过人们所能计数的,甚至远远超过人们所能理解的。而人们所能计数和理解的,又远远少于被扫描的数目。

除了收藏机构,还有博物馆、档案馆、图书馆、政府机构、学校、运动团队、报纸、社团……

所有这些组成了一个更庞大的库存。我们不得不惊叹,20世纪70年代开始在大学开设的摄影系竟为我们培养了那么多满怀抱负的摄影师,拍下了那么多供过于求的照片。20世纪可以说是一个摄影术的世纪。并且,拜柯达所赐,我们每个人都是这个造图运动的一分子。

照片毫无疑问是重要的文化档案。然而,并非所有的图片都能被保存,并非所有图片都需要被保存。费用惊人是一个方面,何况,我们会需要多少张留着胡子戴着帽子的男人的照片呢?但话说回来,档案保管人的公理当然是:最好能保存每样东西。因为,哪些东西对未来真正重要?——对于这个问题,我们都是蹩脚的判官。

而这或许才是盖茨冒这番风险的真正意义吧。如果预测是准确的话，那么深藏在这地下冷库里的这些珍贵的影像，都将在未来5000年内继续存在，或者说，只要电力不被中断，这些相片就能一直保存下去。

随着时间流逝，当其他地方的其他相片都不得不逐渐腐化之后，冷库里的这些幸存品将会变得越来越珍贵。

又或许，正如批评家所言，盖茨的所作所为有那么一点自大称霸的意味在里头。

为私人财产建一个庞大的纪念馆，因为他打赌没有谁能做同一件事，而这么做又意味着他的这些财产在未来几十年里将会越来越值钱。

姑且勿论这些藏品能否使盖茨或他的子嗣们更富有吧。无论如何，这1100万张图片将成为我们关于过去的珍贵记录，他们是卖《圣经》的推销员、铁路工人、警察、消防员、女车衣工……还有著名的探险家、显赫的政客、从远洋轮船登陆的歌剧演员、准备开赴战场的军队、被风吹起了裙子的梦露、吐舌头的爱因斯坦……

私有财产的纪念堂

考比斯公司的藏品网上营销是否能维持公司的永续经营呢？现在下判断似乎为时尚早。考比斯的CEO戴维斯说，经过一个长时间的启动阶段，公司现已开始盈利。但他拒绝透露具体的数字。毕竟这只是一家私营机构，戴维斯只需要向一个人汇报——那就是比尔·盖茨。到最后，可能连盈利报告都算不上重要了，在这个异想天开的地穴里，要制造的是一个神秘而巨大的纪念遗迹，就像古埃及法老给人类留下的金字塔。

“总有一天，”乔治·伊斯曼馆（国际照片暨影片馆）的格兰特·罗曼沉思着，“我们的文明很可能会陷落。这个地下墓穴将被放射性尘埃覆盖。而5万年后，它可能又会被发掘出来……”

我们都曾尝试紧紧握住我们所爱过的人和事物，然而它们仍会无可挽回地在记忆里日渐褪色。世事的流转如同汪洋，而照片是我们的一道防洪堤，它给记忆以救援，给过去以明证。

在整个20世纪的大部分时间里，人们对于照片的保存并没有过分的奢求——他们只希望这些照片能比他们自己的生命再长那么一点，好让他们的孩子能看到，或者再长一点，好让他们的孙子能看到。而在这个新世纪的开端，当整个传统摄影术，甚至连我们自己都快被数码化的今天，人们的愿望变得更长、更远。

是的，有一天我们会冷却，会死去，但我们的图片——至少它们中的一部分——会比我们更冷，但它们将因此永存。

图书在版编目(CIP)数据

新生活风向标/沈颢主编.—上海:文汇出版社
2005.6
ISBN 7-80676-823-8

Ⅰ.新... Ⅱ.沈... Ⅲ.生活-知识-普及读物
Ⅳ.TS976.3-49

中国版本图书馆 CIP 数据核字(2005)第 037682 号

21 世纪书系·新生活运动
新生活风向标

主编◎沈颢
责任编辑◎杨健英

出版发行/文匯出版社
上海市威海路 755 号(邮政编码 200041)
经销/全国新华书店
照排/南京理工出版信息技术有限公司
印刷/上海长阳印刷厂

版次/2005 年 6 月第 1 版
印次/2005 年 6 月第 1 次印刷

开本/890×1240 1/32
字数/190 千 印张/9.5(彩色插图 16 面) 印数/1—8000

ISBN 7-80676-823-8/G·427 定价:22.00 元